Mord im Rustico

Krimigeschichten
aus dem Tessin

Herausgegeben von
Miriam Kunz

Atlantis

Inhalt

Sandra Hughes

Mord im Rustico

Es war der perfekte Ort, um sich zu verstecken. Falls Lucia je fremdgehen würde, dann hier, im Herzen des Malcantone zwischen Rebstöcken. Hier in den sanften Hügeln, die vom Golfo di Agno am Luganersee bis zum Monte Lema hinauf reichten. Über ihr würden dunkle Trauben hängen, von unten würden sich ausgetrocknete Erdbrocken in ihr Gesäß bohren. Oder es würde im Häuschen mitten im Rebberg passieren. Aber jetzt gerade hatte Lucia nicht vor, ihren Mann zu betrügen. Sie trug eine Tasche mit frischer Bettwäsche über der Schulter und folgte dem schmalen Pfad, der zu dem Häuschen führte. Es bestand aus nur einem Zimmer und gehörte zum Bed & Breakfast Tenuta Vallombrosa in Castelrotto.

»Himmlische Erholung inmitten von Eichen- und Kastanienwäldern«, versprach die Website. »Feinste Degustationen vom Weingut.«

Jedes Zimmer im Vallombrosa war nach einem Tessiner Künstler benannt. Das Häuschen mitten im Rebberg hieß »Rustico Nando«. Als »ideal für Naturliebhaber« pries es die Website. Es lag dreihundert Meter vom Hauptgebäude entfernt, verfügte über ein Doppelbett und eine Kochecke mit kleinem Essbereich.

Was brauchte es mehr?

Wer sich nicht selbst versorgen mochte, reservierte in der Osteria Vallombrosa einen Tisch und ließ sich mit Tagliere di Salumi verwöhnen, einem Risotto al Merlot, Polenta e Brasato. Speck mit Honig und Nüssen gab es hier, gedämpfte Kutteln, Zwiebelsuppe. Insalata Mista, Rib Eye di Manzo. Und alles von roten und weißen Weinen begleitet, die seit mehr als hundert Jahren mit Engagement und Herzblut auf dem Weingut produziert wurden.

Die Gäste der vergangenen Nacht gehörten zu den Selbstversorgern. Sie hatten sich weder gestern Abend noch heute Morgen in der Osteria blicken lassen. Lucia kannte die Gattung der Selbstversorger gut. Sie teilte sie in Kaltesser und Warmesser ein. In jene, die überall im Häuschen braune Apfelbutzen und Hüttenkäsebecher hinterließen, Chipstüten und Krümel von Kraftriegeln. Und in die anderen, deren eingebrannte Tomatensoße Lucia vom Herd kratzte. Spaghetti, die überall festklebten: am Nachttischchen, auf dem Boden, am Tisch und den beiden Stühlen. Bei den Warmessern behandelte Lucia den Bettvorleger mit allerlei Mitteln, bevor sie die roten Flecken aus dem Gewebe zu rubbeln versuchte. Einzig die Reinigung von Handtüchern und Bettwäsche musste nicht Lucias Sorge sein. Sie zog die Laken jeweils mit abgewandtem Blick vom Bett und gab sie dem Wäscheservice. Die blütenweißen Stapel schleppte sie dann wieder dreihundert Meter weit vom Hauptgebäude ins Rustico Nando. So wie jetzt.

»Nando sollte frei sein«, hatte der *direttore* vorhin zu Lucia gesagt. »Du kannst putzen.«

Deshalb war Lucia etwas irritiert, als ihr vom Rustico eine Gestalt entgegenkam. Es war ein Mann. Groß, schlank, schlendernd. So, wie nur ein Tourist sich bewegte. Als würde er die Rebstöcke links und rechts betrachten. Für eine Tessinerin das Langweiligste der Welt: den Trauben beim Wachsen zuzusehen. Der Mann nickte freundlich lächelnd und trat zur Seite, um Lucia auf dem schmalen Pfad passieren zu lassen. Gutaussehend war der Mann, fand Lucia. Kein Gast des Bed & Breakfast Tenuta Vallombrosa, wie sie jetzt feststellte. Sie blieb trotz der schweren Tasche stehen und drehte sich zu ihm um. Der Mann trug einen Rucksack. Er hatte seine Schritte beschleunigt, betrachtete jetzt keine Rebstöcke mehr. Lucia zuckte zusammen, als er sich abrupt umwandte. Er sah sie an. Sein Lächeln war verschwunden. Hastig wandte Lucia sich ab. Beim Weitergehen betrachtete sie die Trauben links und rechts des Weges, richtete den Blick zum blauen Himmel hoch, der sich über den Hügeln des Malcantone wölbte. Sie bemühte sich, das Bild zu vertreiben, das sich in ihr festgesetzt hatte: die Rolle, die aus dem Rucksack des Mannes ragte. Ein Stück Textil, dessen Oberfläche ihr so vertraut war wie der Popo ihres Sohnes, als der noch ein Baby war. Hunderte Male hatte sie sich darüber gebeugt, hunderte Male daran herumgewischt. Lucia schüttelte den Kopf über sich selbst. Aber es gab keinen Zweifel. Es war der Bettvorleger aus dem Rustico Nando, den der fremde Mann in seinem Rucksack hatte. Zum Teufel, wozu?

Lucia wischte sich den Schweiß von der Stirn. Ließ die Tasche zu Boden gleiten, rieb sich die Schulter. Die Riemen hatten ihr ins Fleisch geschnitten. Wie jedes

Mal, wenn sie diese verdammte Tasche ins Rustico Nando schleppen musste. Wieso bloß ließ der *direttore* nichts zu, was ihr die Arbeit erleichtern würde? Nicht einmal ein Wägelchen, mit dem sie alles ziehen könnte? Wäsche, Putzmittel, Putztücher? So viele Jahre schon ließ Lucia sich schinden zum Mindestlohn. Warum ging sie nicht einfach weg, auf und davon? Lucia kannte die Antwort. Weil ihr Lohn nicht auch noch fehlen durfte. Es reichte, wenn derjenige ihres Ehemanns jeweils Mitte des Monats weg war, in Abendrunden investiert, über die Lucia schon lange nichts mehr wissen wollte. Egal, ob Lucia Suiten im Grand Hotel Villa Castagnola putzte, Marmorfliesen in der mondänen Via Nassa oder Künstlerzimmer im Bed & Breakfast Tenuta Vallombrosa: Sie würde eine schlecht bezahlte Reinigungskraft bleiben. Sie würde weiterhin einer Handvoll Männer dienen, die ihre Zuverlässigkeit im Bödenwischen und Mietezahlen schätzten. Zum Kotzen. Wie sehr ihr das alles zum Hals heraushing. Wie gerne ginge sie einfach auf und davon.

Eine Berührung an der Schulter ließ Lucia herumfahren. Dicht hinter ihr stand der Mann. Er lächelte wieder sein schönes Lächeln und senkte langsam den Kopf. Lucia folgte seinem Blick. Seine Hand schwebte vor ihrem Bauch – hatte er vorhin auch schon Handschuhe getragen, an einem sonnigen Morgen im September? Lucia brauchte einen Moment, um zu erkennen, was sie um ein Haar berührte. Eine Messerklinge mit Tomatensoße. Als Lucia ihren Kopf wieder hob und den Mann ansah, spürte sie ein panisches Kichern in der Kehle. Ihr Blick ging zu der Rolle, die über seine Schulter ragte. Der Bettvorleger aus dem Rustico Nando mit roten Flecken. Lucias Herz raste. Sie spürte eine sanfte Berührung auf ihren Lippen. Es war ein behandschuhter Finger des Mannes. Der Finger blieb dort einen Moment lang liegen, bevor er zu den Lippen des Mannes wechselte. Er lächelte nicht mehr, aber seine Augen sahen Lucia freundlich an. Er hielt die Klinge weiterhin gegen sie gerichtet, als er sich bückte und ihre Tasche schulterte. Dann deutete er mit dem Messer auf den Pfad, der zum Rustico Nando führte. Lucia spürte eine leichte Berührung im Rücken, während sie voranging. Eine Ewigkeit schien es ihr her, seit sie zum Rustico Nando aufgebrochen war. Sie hörte die Schritte des Mannes dicht hinter sich. Sie folgte dem Schatten, den die Sonne vor ihnen auf den Boden warf: eine dunkle Gestalt, der Umriss unförmig dort ausgebeult, wo sich Bettvorleger und Wäschetasche befanden. Lucia und der Mann, zu einem Monster vereint, das sich durch den Rebberg der Tenuta Vallombrosa bewegte. Als links am Hang das Rustico Nando auftauchte, verstärkte sich die Berührung in Lucias Rücken. Sie wagte nur für einen Augenblick, den Kopf zu wenden. Der Eingang war von hier nicht zu sehen. Die grünen Läden vor den beiden Fenstern waren geschlossen. Der Pfad endete hier. Lucia wischte sich den Schweiß von der Stirn. Die Sonne schien ihr nun ins Gesicht, während sie hangabwärts über ausgetrocknete Erdbrocken stolperte und dann zwischen Rebstöcken ging, in großem Bogen dahin zurück, wo das Hauptgebäude lag. Bevor sie den Parkplatz erreichten, ging der Mann an Lucias Seite, und als er ihr die Tür eines silbergrauen Autos öffnete, stieg sie ein. Während sie im Innenspiegel zusah, wie er Rucksack und Wäschetasche im Kofferraum verstaute, tastete sie nach der Handytasche. Ein Geschenk ihres Sohnes, das sie nie ablegte. »Damit du immer alles bei dir hast, *mamma*«, hatte er gesagt und ihr die Fächer für die Karten gezeigt. »Für alle Fälle«, hatte er gesagt, und sie hatte gedacht: Für welche Fälle?

Wieder stieg ein Kichern in Lucias Kehle hoch, diesmal ohne Panik. Ihr Herz hatte sich beruhigt, es fühlte sich stark und lebendig an. Wann hatte sie es das letzte Mal so gespürt? Der Mann hatte neben ihr auf dem Beifahrersitz Platz genommen, legte ihr stumm den Zündschlüssel auf den Schoß. Lucia fuhr ein leichter Schauer über den Rücken, als seine Finger ihren rechten Oberschenkel berührten. Sie schaute nochmals zum Bed & Breakfast hinüber, dann startete sie den Motor. Als sie den Blinker setzte, um in die Richtung zu fahren, in die der Mann sie wies, wusste Lucia, warum sie das Täschchen mit Fächern für alle Karten immer umgehängt hatte: Für den Fall, dass sie einfach auf und davon fuhr.

✳✳✳

Unterdessen schickte ein verärgerter *direttore* die nächste Putzfrau ins Rustico Nando, um den Gästen dort Beine zu machen. Das Paar hatte mitnichten ausgecheckt, hatte der *direttore* feststellen müssen, und bezahlt schon gar nicht. Eine Fehlinformation an der Rezeption. Einmal mehr. Der zunehmenden Digitalisierung von Abläufen geschuldet oder seiner Frau, die manchmal den Überblick verlor.

Das Bild, das sich der armen Angestellten im Rustico Nando bot, überstieg das menschliche Vorstellungsvermögen. Die Putzfrau übergab sich und rannte schreiend zum Hauptgebäude zurück. Der *direttore* rief sofort die Polizei und versuchte vergeblich, seine sensationshungrigen Gäste davon abzuhalten, zum Rustico zu stürmen. Die ersten Bilder kursierten in den sozialen Medien, bevor der Ermittler vom Commissariato di Lugano vor Ort war. Der Commissario verscheuchte die Gaffer. Der Verbreitung von Bildern und Gerüchten konnte er nichts entgegenhalten außer eine nüchterne Medienmitteilung ein paar Stunden später. Ein gewaltsamer Tod, hieß es da, wahrscheinlich ein Beziehungsdelikt. Die beiden Opfer waren identifiziert worden, Abklärungen zur Täterschaft waren im Gang. Auf die Frage, ob dem weiblichen Opfer tatsächlich die Arme abgetrennt worden waren, nahm die Pressemitteilung nicht Bezug. Umso mehr kursierten Mutmaßungen auf allen Kanälen: Vom gehörnten Ehemann, der die jahrelangen Eskapaden seiner Frau mit einer Blutorgie beendet hatte. Vom netten Menschen, der der mutmaßliche Mörder bis zu diesem sonnigen Morgen im September gewesen war. Vom Krug, der zum Brunnen geht, bis er bricht. Von zwei abgehackten Armen, die nie mehr einen Geliebten umarmen konnten. Es wurde darüber spekuliert, ob der Mörder sich unterdessen längst selbst gerichtet hatte. Ob er erschossen irgendwo im Kastanienwald des Alto Malcantone lag. Vielleicht klebte so viel Blut an ihm, dass er längst aufgespürt worden war, von den Wölfen, die in der Tessiner Wildnis lebten, oder von

Touristen, die alles argwöhnisch prüften, was ihnen südlich der Alpen unter die Augen kam.

⁂

Nach der italienischen Grenze hatten sie Plätze getauscht. Der Mann lenkte das Auto. Lucia ließ ab und zu den Blick zu ihm hinüber schweifen. Sie betrachtete seine Hände, die entspannt das Lenkrad umfassten. Ab und zu drehte er ihr flüchtig den Kopf zu, und wenn sich ihre Blicke trafen, bildeten sich Fältchen um seine Augen. Er lächelte. Lucia stellte die Rückenlehne etwas weniger steil, legte den Kopf ins Polster, schloss die Augen. Sie sah den Golfo di Agno wieder vor sich, sein tiefes Blau. Sah die Gischt hochspritzen, hörte das Geräusch, das entstand, wenn etwas Schweres auf die glatte Wasseroberfläche traf. Der Mann und Lucia waren nebeneinander den Weg zur Bucht gegangen, von ihrem ausgebeulten Schattenmonster begleitet. Den Rucksack und die Wäschetasche hatten sie zuvor wortlos aus dem Kofferraum geholt. Am Ufer nahm der Mann Anlauf und warf den Rucksack mit aller Kraft von sich. Lucia tat es ihm mit der Wäschetasche nach. Ihre Lasten waren zuerst still in den Tessiner Himmel gestiegen und dann mit einem kräftigen Platschen im See versunken. Jetzt lagen blütenweiße Wäschestapel im silbernen Sand des Golfo di Agno, bis sie grau wurden und sich zersetzten. Aus dem Bettvorleger des Rustico Nando würden die Wasser des Luganersees mit der Zeit alle Flecken waschen. Bestimmt würde ab und zu ein neugieriger Fisch vorbeischauen und eine Runde um die Rolle drehen. Er würde versuchen, an ihr Inneres zu gelangen. Wenn es ihm gelang, würden seine Lippen sich an der köstlichen Substanz festsaugen und sie fressen. Bis auf die Knochen.

Benjamin Stückelberger

Ganz Ascona trauert

G anz Ascona trauert.« Giuseppe Giubellini, oder Giugiu, wie ihn seine Freunde nannten, legte die Zeitung auf den Tisch, biss in sein Brötchen und spülte es mit einem Schluck *caffè* herunter. Noch einmal las er die Schlagzeile: »Ganz Ascona trauert.« Wirklich ganz Ascona? Giugiu hatte seine Zweifel.

Vor einer Woche war Giordana Maria von Bismarck Borromeo, oder einfach »die Giordana«, bei einem Badeunfall ertrunken. Wie ein Lauffeuer hatte sich die Nachricht in Ascona verbreitet. Die erst zweiundfünfzig-jährige Grande Dame war während der letzten rund fünfundzwanzig Jahre so etwas wie der gesellschaftliche Mittelpunkt Asconas gewesen. Aus altem italienischen Geschlecht stammend, war sie früh nach Ascona ge-zogen, wo sie einen Nachkommen der von Bismarcks kennengelernt hatte. Schon die Hochzeit mit dem deut-lich älteren Herrn hatte weit über die Grenzen Asconas hinaus für Aufsehen gesorgt. Nach vier Jahren war das Feuer der Ehe wieder erloschen. Es kam zur Scheidung, und Siegfried Schubert von Bismarck verließ Ascona Richtung Norden. Zurück blieb die Giordana mit einem ansehnlichen Vermögen und in einer gesellschaftlichen Position, die sie nicht mehr aufzugeben gedachte.

Die Giordana war groß gewachsen und mit langen Beinen begabt. Ihr südländischer Teint versprühte Italianità, und ihr Dekolleté hätte selbst Sophia Loren neidisch gemacht. Ihre großen mandelförmigen Augen lagen neben einer zierlichen Nase, und in neckischer Selbstverständlichkeit umspielten kastanienbraune Locken ihr rundes Gesicht. Wenn sie lachte, erstrahlten ihre makellos weißen Zähne, und wenn sie sprach, ließ ihre warme Stimme niemanden unberührt.

Sie entstammte zwar dem italienischen Adelsgeschlecht der Borromeo, ihr Familienzweig aber war, zumindest in finanzieller Hinsicht, längst in normalbürgerlichen Verhältnissen angelangt. Durch die Heirat mit Siegfried Schubert von Bismarck wurde sie nicht nur ökonomisch in eine andere Liga gehoben, sie fand sich auch in gesellschaftlicher Hinsicht von einem Tag auf den anderen in den besseren Kreisen wieder: Borromeo war der Name, der bei den alteingesessenen Ticinesi eine gewisse Anerkennung aufleben ließ. Von Bismarck hatte im Gegenzug für die deutschen Dauergäste etwas Anziehendes.

Bei keinem Empfang durfte das Ehepaar von Bismarck-Borromeo fehlen. Auch als Siegfried Schubert wieder durch den Gotthard nach den deutschen Landen gezogen war, wollte niemand mehr auf die schöne Giordana verzichten. Denn sie war nicht nur eine attraktive Erscheinung. Sie war auch eine geistreiche Gesprächspartnerin. Sie verstand es, ihrem Gegenüber das Gefühl zu geben, dass sie oder er besonders interessant oder lustig oder einfach für diesen Abend wichtig sei. Noch so gerne ließen sich die Männer von ihrem Charme einnehmen. Gleichzeitig hatte die Giordana den Dreh raus, die Frauen so miteinzubeziehen, dass diese keine Angst um ihre Ehemänner haben mussten. Ihr beträchtliches Vermögen setzte die Giordana gezielt ein, um die Kultur in und um Ascona zu fördern. Jazz-Ascona konnte ebenso auf ihre Unterstützung zählen wie das Filmfestival im benachbarten Locarno. Und wenn ihre Verbindungen für die Kultur im Großraum Ascona von Nutzen waren, ließ sie ebenso großzügig ihre Beziehungen spielen. Mindestens einmal im Jahr gab sie einen Empfang in ihrer Villa am See, der regelmäßig ein gesellschaftliches Ereignis wurde.

Auch Giugiu war in den vergangenen Jahren zu diesen Empfängen eingeladen worden. Die Musik, die dort geboten, das Essen, das dargereicht wurde, und die Gespräche, die geführt wurden, waren – das musste er neidlos anerkennen – tatsächlich stets außerordentlich. Die Giordana gab jedem Gast das Gefühl, den Empfang im Grunde nur für ihn gegeben zu haben. Entsprechend waren alle besonders aufgekratzt und zeigten sich von ihrer besten Seite. Dennoch verließen Giugiu auch in den beschwingtesten Momenten gewisse Zweifel nicht.

Und heute war nun also die Trauerfeier. In einer Art Vorschau berichtete der *Corriere del Ticino* von dem bevorstehenden Anlass. Der Präsident der Stadt, Luigi Piselli, konnte nicht oft genug betonen, wie sehr ihn der Verlust schmerzte. »Sie war nicht nur mir persönlich eine Freundin. Sie war auch Ascona, ja, dem ganzen Tessin in Treue und Großzügigkeit verbunden.« Der

Präsident von JazzAscona, Edoardo Gattuso, ließ verlauten, dass so manches Festival in den vergangenen Jahren nur dank ihrer großzügigen finanziellen Hilfe hatte stattfinden können. Und Pietro Manzocchi, der Präsident des Locarno Film Festivals, hob hervor, wie Giordanas schiere Präsenz so manches Mal seinem Festival insgeheim die Krone aufgesetzt habe.

Die Trauerfeier war auf 15:30 Uhr in der Chiesa dei Santi Pietro e Paulo angesetzt. Die von Bismarcks waren zwar evangelisch, und Gerüchten zufolge war Giordana vor ihrer Hochzeit mit Siegfried Schubert zur Evangelischen Kirche übergetreten, aber danach fragte niemand. Im Tessin war man katholisch, und die Menschen aus Ascona und Umgebung wollten nach katholischem Ritus von ihrer Giordana Abschied nehmen. Das wusste auch ihr zweiter Mann, Lorenzo Tobler, weshalb er sogleich zustimmte, als ihm Luigi Piselli zusammen mit dem Priester Taddeo Vancchini einen Kondolenzbesuch abstattete. »Schließlich ist sie ja auch katholisch getauft worden«, betonte Vancchini. Und bevor Tobler antworten konnte, fügte Piselli an: »Selbstverständlich wird die Gemeinde von Ascona den Empfang nach der Trauerfeier im Hotel Eden Roc ausrichten. Ihnen ist das Eden Roc doch genehm, hoffe ich?« Lorenzo Tobler war das alles sehr genehm. Das Eden Roc war so ziemlich die beste Adresse im Ort, und er hatte kein Problem damit, die Beisetzung und die anschließende Trauerfeier von Vancchini gestalten zu lassen.

Eine große Trauergemeinde kam in der Kirche zusammen. Auch dieser letzte Auftritt Giordanas wurde zu einem gesellschaftlichen Ereignis. Niemand, der zu

Lebzeiten ihre Nähe gesucht hatte, konnte es sich erlauben, nicht auf der Trauerfeier zu erscheinen. Schon früh war die Kirche brechend voll. Wer sich nicht rechtzeitig einen Platz gesichert hatte, musste an den Seitenwänden oder im Eingangsbereich stehen. Giugiu hatte gerade noch einen Platz in den hinteren Reihen gefunden. Vorne am Altar angelehnt war ein großes Porträt der Giordana zu sehen. Ein strahlendes Lächeln sandte sie zum Abschied in den Raum. In der vordersten Reihe saß der Witwer Lorenzo Tobler und wartete. Einsam und irgendwie verloren wirkte er, wie er so allein in seiner Bank saß. Niemand war bei ihm. Kein Freund, keine Familienangehörigen. Gleichzeitig schien er ganz in sich zu ruhen, als müsste er nur kurz in einem Vorzimmer warten, weil er etwas zu früh zu einem Geschäftstermin eingetroffen war. Dann ging die Seitentür auf, und eine aufmerksame Stille legte sich über die Anwesenden. Ein altes Ehepaar betrat den Raum, begleitet vom Sakristan, der sie zur vordersten Bank neben Tobler führte. Schwarz verschleiert war die Frau, groß gewachsen und mit schlohweißem Haar der Mann.

»Das werden wohl die Eltern der Giordana sein«, dachte Giugiu. Durch die freundlich-distanzierte und leicht unbeholfene Art, wie Tobler das Paar begrüßte, fühlte sich Giugiu in seiner Annahme bestätigt. Das alte Paar setzte sich. Auch Tobler nahm wieder Platz, und bei allen anderen löste sich die neugierige Anspannung. Dann, wenige Minuten bevor die Feier beginnen sollte, kam noch einmal Unruhe auf. Ein Mann, der als Adlat des Stadtpräsidenten bekannt war, bahnte sich vom Hauptportal her einen Weg durch die Wartenden.

Ihm folgte eine Dame, die der Verstorbenen erstaunlich ähnelte. Sie musste ihre jüngere Schwester sein. Mit ernster Miene schritt sie hinter dem städtischen Beamten her, ohne es besonders eilig zu haben. Sie schaute nicht nach links oder rechts, genoss aber sichtlich die Blicke, die sie musterten. Wieder setzte für einen Moment ehrerbietiges Schweigen ein. Doch schneller als zuvor bei den Eltern, wich die Aufmerksamkeit der Menge den üblichen flüsternden Seitengesprächen. Alle hatten gesehen, dass die Schwester nicht über die Grandezza verfügte, wie sie die Giordana an den Tag gelegt hatte. Ihre Pose wirkte einstudiert, und ihr schwarzes Kleid war nur auf den ersten Blick elegant. Selbst Giugiu sah sogleich, dass es mindestens eine Nummer zu klein war und mit Gewalt über die üppigen Rundungen hatte gezogen werden müssen. Zudem konnte ihr Schmuck dem prüfenden Blick der Damen nicht standhalten.

Auch für die Schwester fand sich in der vordersten Reihe Platz. Die Begrüßung war von ihrer Seite her affektiert, von Seiten Toblers korrekt und seitens der Eltern aufrichtig, aber distanziert.

Die Orgel setzte ein, und zusammen mit den Ministranten betrat der Priester die sakrale Bühne. Als sie sich vor dem Tabernakel bekreuzigten, hätte man meinen können, sie würden der Giordana und nicht dem Leib Christi ihre Aufwartung machen. Feierlich zelebrierte der Priester die Elemente der Messe. Nach Lied und Gebet verlas er den Lebenslauf der Verstorbenen. Die Anwesenden waren nun besonders aufmerksam, denn dies war für sie der eigentliche Höhepunkt der Feier. Aber der Lebenslauf, wie er »nach den Angaben ihres Mannes« verfasst worden war, enthielt keine Überraschungen geschweige denn pikante Details. Liebevoll schilderte er die Verstorbene in bestem Licht und zählte auf, was sie für den Witwer, ihre Freunde und für Ascona gewesen war. Und als er den Bericht beendete und ein kurzes Gebet anfügte, waren vereinzelte Schluchzer und das Rascheln von Taschentüchern zu hören. Der Priester hatte mit seinen abschließenden Worten recht, dachte Giugiu: »Eine eindrückliche Persönlichkeit und eine gute Freundin unserer Stadt und der Menschen ist viel zu früh von uns gegangen.« Dennoch traute er dem geschilderten Lebensbild nicht.

Es folgte die Eucharistiefeier. Das war der eigentliche Höhepunkt für den Priester. Auch jetzt waren die Anwesenden still, doch ihre Aufmerksamkeit hatte nachgelassen. Man folgte gut erzogen dem Ritual, ging im richtigen Moment nach vorne, um die Hostie entgegenzunehmen, war mit den Gedanken aber schon beim Empfang oder anderswo.

Endlich intonierte die Orgel ein imposantes Ausgangsspiel und zeigte damit an, dass die Trauerfeier beendet war. Wieder bahnte sich als Erster der Mitarbeiter vom Büro des Stadtpräsidenten einen Weg durch die Menge. Doch dieses Mal wurde Platz für den Witwer geschaffen. Auf ihn wartete draußen eine Limousine, die ihn zum Eden Roc bringen sollte. Den Eltern wurde der Weg durch die ihnen unbekannte Menge erspart. Der Schwester wurde zu verstehen gegeben, dass sie die Kirche mit den Eltern durch den Seiteneingang verlassen sollte. Auch auf sie wartete eine Limousine, eine etwas kleinere, die sie ins Eden Roc brachte.

Giugiu verließ mit der Menge die Kirche. Draußen atmete er tief die frische Luft ein und gab sich den warmen Sonnenstrahlen hin. Ihm war in der Kirche nicht kalt gewesen, dafür war sie schlicht zu voll gewesen. Aber die Wärme der Sonnenstrahlen hatte eine andere Kraft, sprach eine andere Sprache. Es steckten irgendwie keine Zweifel darin.

Der Trauerzug bewegte sich gemächlich und doch zielgerichtet ins Eden Roc. Giugiu grüßte da und dort bekannte Gesichter und schüttelte Hände. Aber er fing mit niemandem ein Gespräch an. In der Lobby wurden die Gäste, die eine entsprechende Karte vorweisen konnten, in den größten Saal weitergeleitet, wo ein Buffet mit Getränken und exquisiten Häppchen bereitstand. Im ganzen Saal waren Stehtische verteilt, und Kellner standen bereit, die Eintreffenden mit einem Glas Wein oder Wasser zu versorgen. In der Mitte des Saals am großen Fenster stand, mit einem Glas Weißwein bewehrt, Lorenzo Tobler. Piselli leistete ihm Gesellschaft, bis sich die ersten Trauergäste einstellten, um dem Witwer ihr Beileid zu bekunden. Giugiu wartete im Hintergrund und nippte an seinem Weißwein, während er die lange Folge von Kondolierenden beobachtete, die bei Tobler vorbeizog. Tobler nahm die Grüße und Umarmungen freundlich lächelnd und ohne übermäßige Trauer zur Schau zu stellen entgegen. Dies war nun einmal seine Aufgabe am heutigen Tag, die er akzeptiert hatte. Er war aufrichtig bemüht, allen dieselbe Aufmerksamkeit zu schenken. Dennoch war nicht zu übersehen, dass die Strapazen der vergangenen Tage ihre Spuren hinterlassen hatten.

Giugius Glas war bereits leer, als der Strom der Trauernden sich etwas lichtete. Diesen Moment nutzte er und begab sich zum Witwer.

»Herzliches Beileid, Lorenzo«, sagte Giugiu, als er Tobler die Hand reichen konnte.

Tobler zögerte einen Moment, dann sagte er: »Giuseppe Giubellini? Das ist vielleicht eine Überraschung!« Mit kräftiger Hand erwiderte er Giugius Händedruck. »Was machst du denn hier?«

»Ich habe vor einigen Jahren die Rechtsmedizin in Locarno übernommen. Und als die dann nach Varese übergeben worden ist, bin ich mitgegangen.«

»Und wieso sehen wir uns erst jetzt wieder?«

»Ich habe dich schon einige Male gesehen. Bei euch zu Hause. Ich war zu Giordanas Empfängen eingeladen.« Und mit einem leicht ironischen Blick fügte er an: »Die wollte man sich natürlich nicht entgehen lassen.«

Tobler nickt nur müde.

Daher fuhr Giugiu fort: »Aber es hat sich nie eine Gelegenheit ergeben, mit dir zu reden.«

»Ja, das waren ihre Anlässe. Ich habe mich stets früh zurückgezogen. Es gibt so viele gute Bücher und so wenig Zeit, sie zu lesen.«

Tobler und Giugiu hatten sich vor vielen Jahren beim Medizinstudium in Zürich kennengelernt. Schnell waren sie Freunde geworden, wohl nicht zuletzt deshalb, weil sie beide Wurzeln im Tessin hatten. Lorenzos

Mutter war aus Ascona und ihrem Mann, Werner Tobler, nach Zürich gefolgt. Und Giugiu war in Locarno groß geworden. In Zürich haben die beiden zusammen für ihre Prüfungen gelernt und sind abends um die Häuser gezogen. Mit den Spezialisierungen begannen sich ihre Wege zu trennen. Während Giugiu sich mehr und mehr für rechtsmedizinische Fragen zu interessieren begann, entwickelte Tobler eine besondere Begabung für plastische Chirurgie.

»Diese gesellschaftlichen Anlässe waren wohl nicht so nach deinem Geschmack«, sagte Giugiu.

»Immer weniger«, antwortete Tobler. »Nur schon eine Seite Dürrenmatt, Frisch oder Suter ist ungleich interessanter als eine Stunde Small Talk.«

»Ich weiß, was du meinst. Dennoch, dieser plötzliche Tod – das ist schon tragisch.«

Tobler nickte nachdenklich. »Ein Schwächeanfall. Mitten auf dem See.«

»Ein Schwächeanfall«, wiederholte Giugiu. »Ist ungewöhnlich bei einer Zweiundfünfzigjährigen. Meinst du nicht auch?«

»Wem sagst du das«, pflichtete ihm Tobler bei.

»Wir sollten unbedingt wieder einmal ausführlicher zusammensitzen«, sagte Giugiu, als wollte er die trüben Gedanken wegwischen.

»Sehr gerne! Komm doch nächste Woche zu mir. Und bring deine Badehose mit.«

»Abgemacht.«

Sie drückten sich noch einmal die Hand. Dann zog Giugiu weiter und gab Tobler für die wartenden Gäste frei. Als Giugiu den Saal verließ, war Tobler immer noch

damit beschäftigt, die Beileidsbekundungen entgegenzunehmen.

»Er macht das gut«, dachte er bei sich. »Ich bin gespannt auf unser Gespräch.«

Die Villa lag am Lago Maggiore. Natürlich, war Giugiu
versucht zu sagen. Das dunkle Grün des Wassers harmo-
nierte mit der steinernen Fassade der Villa, als würde die
dahinter liegende Felswand direkt in den See abtauchen.
Und der Swimmingpool schimmerte in jenem künst-
lichen Chlorblau, das ein internationaler Code zu sein
schien für den Luxus der Reichen.

»Es ist ein Witz, unmittelbar am See einen Pool zu
haben«, sagte Tobler, als hätte er Giugius Gedanken er-
raten. »Aber wenn man ihn hat, nutzt man ihn auch.«

Tobler sprang beherzt ins Wasser, und Giugiu folgte
ihm. Sie schwammen ein paar Bahnen, verharrten
schließlich an einem Ende ein wenig länger, um zu plau-
dern, und entstiegen endlich dem erfrischenden Nass.

»Wein?«, fragte Tobler und ging ins Haus, ohne eine
Antwort abzuwarten.

Giugiu machte es sich derweil auf einer Liege in
der Sonne bequem. Kurz darauf stießen sie mit einem
hervorragenden Merlot aus der Gegend an und aßen
dazu Häppchen, die eine Fleischerei geliefert hatte.

»Ich dachte, du machst dir nichts aus den Köstlichkeiten der High Society«, sagte Giugiu und schob sich
ein Brötchen mit Tatar in den Mund.

»Das habe ich nie gesagt. Nur weil ich die inhaltsfreien
Eigenheiten nicht begrüße, heißt das noch lange nicht,
dass ich ihre kulinarischen Qualitäten ablehne.«

»Dann wollen wir diese Köstlichkeiten wie die Schönen und Reichen genießen, dabei aber interessantere Gespräche führen.«

»Das wäre großartig!«, rief Tobler erfreut aus.

»Beginnen wir mit dir. Was hast du gemacht, seit wir uns aus den Augen verloren haben?«

Tobler hielt sein Glas Merlot in der Hand und blickte über den See. »Nun, das Wichtigste wirst du schon wissen. Nach dem Studium konnte ich hier in Ascona meine Praxis für plastische Chirurgie eröffnen. Und offensichtlich habe ich meine Arbeit gut gemacht. Ich hatte jedenfalls bald mehr Aufträge, als mir lieb sein konnte.«

»Davon konnte man in den Fachzeitschriften lesen. Wer sich ein Körperteil verschönern lassen wollte, ging zu Tobler.«

»Das war eine Zeit lang auch schön und gut. Aber als die erste Kundin zu mir kam und sagte, sie hätte gerne einen Tobler-Busen, wusste ich, dass ich aufhören musste.«

»Wieso das denn? Du hattest Erfolg, warst in deiner Zunft ein Ausnahmetalent. Was war daran nicht okay?«

»Irgendwann wurden die Schönheitsoperationen sinnfrei.«

»Du hast eine Fähigkeit, die gefragt ist. Wo liegt das Problem?«

»Ich weiß nicht, Giugiu. Ich hatte andere Ideale, als ich anfing. Du und ich, wir haben doch Medizin studiert, weil wir Menschen helfen wollten. Uns ging es doch vor allem um die Heilung von Krankheiten. Oder um das Wiederherstellen von Lebensqualität durch einen chirurgischen Eingriff.« Tobler nippte an seinem Glas. »Bist du nicht in die Rechtsmedizin gegangen, weil dir an Recht und Gerechtigkeit gelegen ist?«

»Zweifellos«, bestätigte Giugiu. »Mich hat stets fasziniert, dass es möglich ist, Übeltäter mittels medizinischer Befunde zu überführen.« Und bevor er sich ein weiteres Häppchen in den Mund schob, fügte er noch an: »Und Unschuldige zu entlasten.«

»Das ist doch etwas anderes als körperliche Extraanfertigungen für Superreiche zu machen.« Tobler nahm noch einen Schluck. »Ich habe plastische Chirurgie studiert, verstehst du? Das kann eine Schönheitsoperation an Brust oder Po beinhalten. Aber ich habe ursprünglich vor allem an Entstellungen nach Unfällen gedacht oder an sogenannte Geburtsfehler. Oder …«, nun griff er sich ebenfalls ein Häppchen, »… wenn eine junge Frau, die ihren eigenen Körper nicht ausstehen konnte, dank einer Brustverkleinerung glücklich und zufrieden durchs Leben geht, dann habe ich das Gefühl, etwas Sinnvolles gemacht zu haben. Aber dass meine Operationen dereinst das Label ›Tobler-Busen‹ bekommen, das war nicht die Idee.«

»Weshalb bist du dann nicht in ein Spital gegangen?«

»Das war unter anderem der Plan. Zu Beginn meiner Tätigkeit in Ascona war ich auch Belegarzt. Bei schwierigen plastischen Operationen wurde ich angefragt. Aber es gab zu wenig Fälle, um davon allein leben zu können. Die privaten Schönheitsoperationen haben mir ein schönes Leben finanziert.«

»Aber schliesslich hast du gar nicht mehr im Spital gearbeitet.«

»Irgendwann haben sie die Abteilung ausgebaut, und dann kam ein junger begabter Kollege, dem ich nicht vor der Sonne stehen wollte. Also habe ich mich zurückgezogen und mich auf meine Praxis konzentriert.«

»Da hast du dann noch eine ganze Weile kassiert.«

»Du glaubst nicht, was man bei der entsprechenden Klientel für Preise verlangen kann. Bei der Frau, die als Erste einen Tobler-Busen bestellte, habe ich aus Jux das Doppelte verlangt als üblich. Ich wollte einfach sehen, was passiert.«

»Und?«

»Das Geld wurde anstandslos überwiesen. Danach bin ich bei dieser Preisgestaltung geblieben. Und die Anfragen wurden noch mehr.«

»Das glaub ich jetzt nicht.«

»Wenn ich es dir sage! Es ist eine perverse Welt!«

»Hast du auch Giordana operiert?«

»Was meinst du, wie ich sie kennengelernt habe?«

»Sie kam in deine Praxis?«

»Damals habe ich noch die ›üblichen‹ Preise verlangt. Und sie hat mir Eindruck gemacht, in dem Moment, als sie durch die Tür kam. Du weißt ja, wie sie wirken konnte.«

»Oh ja! Wenn sie einen Raum betrat, hat sie ihn sogleich mit ihrer Präsenz eingenommen.«

»Auch sie wollte sich die Brüste machen lassen.«

»Ich weiß.«

»Du weißt?«

»Ich habe sie gesehen. Sie lag auf meinem Tisch. Nackt.« Giugiu holte kurz Luft. »Wirklich gute Arbeit!« Seine Anerkennung war echt.

»Du hast sie also obduziert?« Es war mehr eine Feststellung als eine Frage. Aber Tobler begleitete sie mit einem prüfenden Blick in Richtung Giugiu.

»Das habe ich.« Giugiu sagte nichts weiter, sondern genehmigte sich noch ein Häppchen und spülte es mit einem großen Schluck Merlot runter. Dann lehnte er sich zurück und blickte auf den See.

»Und? Was hast du festgestellt?«

»Wie gesagt: Gute Arbeit, Herr Kollege!«

»Du wirst wohl kaum bloß ihre Brüste bestaunt haben.«

»Natürlich nicht. Wie du weißt, ist es in solchen Fällen meine Aufgabe, herauszufinden, ob der Tod auf natürlichem Wege eingetreten oder nicht.«

»Offensichtlich konntest du nichts Außergewöhnliches feststellen. Sonst hättest du ihre Leiche nicht freigegeben.«

Giugiu verschränkte seine Arme hinter dem Kopf und blickte weiterhin auf den dunkelgrünen Lago Maggiore. »Jedenfalls habe ich nicht genug gefunden, um eine Einwirkung von außen mit hoher Wahrscheinlichkeit belegen zu können.«

»Dir sind aber Zweifel gekommen. Richtig?«

»Der Zweifel ist wahrscheinlich mein wichtigstes Arbeitsinstrument», meinte Giugiu. «Ich frage mich immer: Wonach müsste ich suchen, was müsste ich finden, um das Gegenteil von dem belegen zu können, was offensichtlich scheint.«

»Und bei Giordana hast du etwas gefunden?«

»Wie gesagt: Nichts, was ich hätte melden können.«

»Aber?«

»Du weißt, dass ich dir das nicht sagen darf.«

»Aber du willst es mir sagen. Sonst wärst du nicht hier.«

Giugiu setzte sich auf, sah Tobler ins Gesicht und sagte: »Ich will ganz offen zu dir sein. Von Freund zu Freund.«

»Und von Kollege zu Kollege. Schließlich unterstehe ich ja auch dem Arztgeheimnis.«

»In diesem Fall wende ich mich lieber an den Freund«, sagte Giugiu. Und während Tobler die Gläser auffüllte, griff sich Giugiu ein weiteres Brötchen, behielt es aber erstmal nur in den Fingern und sah es nachdenklich an, als würde dort geschrieben stehen, was er seinem Freund aus Studienzeiten nun zu berichten hatte. »Zuerst fragte ich mich, weshalb eine Frau, die sich von einer schweren Lungenentzündung erholt, schwimmen geht.«

»Das ist tatsächlich verrückt«, bestätigte Tobler. »Ich habe ihr sehr davon abgeraten.«

Giugiu sah ihn nur kurz aus dem Augenwinkel an und fuhr dann mit Blick auf sein Brötchen fort: »Ich habe ihr Blut untersucht. Nach Alkohol, Drogen und weiteren giftigen Substanzen.« Nun schob er sich das Brötchen in den Mund.

»Und?«

»Nichts«, brachte Giugiu kauend hervor. Und als sein Mund leer war: »Jedenfalls nichts, das einen hätte beunruhigen müssen. Aber dann«, nun nahm Giugiu sein Glas, besah den Wein darin, nahm einen Schluck und sagte endlich: »Aber dann ist mir aufgefallen, dass das Blut einen erstaunlich hohen Anteil an Kohlenmonoxid aufwies.«

»Das hättest du doch melden müssen«, sagte Tobler, ganz Fachmann.

Giugiu wiegte seinen Kopf. »Ich habe es mir überlegt. Aber es war eindeutig zu wenig, um lebensbedrohlich zu sein. Vor Gericht hätte ich sagen müssen, dass die Kohlenmonoxidkonzentration zwar irritierend hoch war, aber eben bei Weitem nicht tödlich.«

»Ich verstehe«, sagte Tobler und nahm seinerseits einen Schluck. Nun blickte er in die Ferne und sprach langsam weiter: »Dann hat sich also dein Anfangsverdacht nicht bestätigt.«

»Davon stirbt man einfach nicht. Ich hätte noch Hämatome finden müssen, Blutergüsse an ihrem Körper, die darauf hätten schließen lassen, dass sie mit Gewalt unter Wasser gedrückt wurde. Aber da war nichts. Und die blauen Flecken, die ich gefunden habe, konnten ebenso gut von den Rettungsversuchen stammen.«

»Mit anderen Worten«, Tobler schaute nun wieder zu Giugiu, »es liegt kein Verbrechen vor. Wieso höre ich dann einen gewissen Zweifel aus deiner Stimme?«

»Sag du's mir.«

»Was kann ich dir anderes sagen, als was du schon bei der Obduktion herausgefunden hast?«

»Es riecht irgendwie nicht koscher. Als hätte einer nachgeholfen.« Und während er Tobler sein leeres Glas hinhielt, setzte er nach: »Verstehst du, was ich meine?«

Tobler schenkte Giugiu nach und füllte dann auch sein Glas. »Ja, ich denke, ich verstehe dich.«

Neugierig setzte nun Giugiu nach: »Also, was ist geschehen? Wie hast du's gemacht? Und wieso?«

»Das ›Wie‹ ist eigentlich schnell erzählt. Das ›Wieso‹ wird vielleicht mehr erstaunen.«

»Dann fang damit an.«

Tobler atmete tief durch. »Giordana war eine großartige Frau. An den guten Tagen.«

»Und an den schlechten?«

»Ach, ich will nicht schlecht über sie reden. Jetzt, da sie tot, verbrannt und begraben ist.«

»Wie sonst willst du es mir erklären?«

Tobler dachte nach. Sein Bick wanderte über den Lago Maggiore, hinüber zur Insel Brissago, dann hinauf in die grünbewaldete Berglandschaft, wieder zurück auf den See und schließlich zu seinem alten Studienfreund, den er so lange nicht mehr gesehen hatte.

»Im Grunde war sie eine bemitleidenswerte Frau. Ich meine, sie war eine eindrückliche Frau. Du hast sie ja gekannt. Sie hat einen nicht nur mit ihrem Charme um den Finger gewickelt. Es war ihre schiere Präsenz, die einen dankbar machte, in ihrer Gegenwart sein zu dürfen. Ich meine … Übertreibe ich?«

Giugiu schüttelte den Kopf.

»Jedenfalls ist es mir so ergangen, als sie damals in meine Praxis kam. Sie war gerade mal fünfunddreißig Jahre alt und wollte ihren Busen machen lassen.« Tobler entwischte ein kleiner Lacher. »Ich habe mich ehrlich gefragt, was ich daran machen soll. Und als hätte sie meine Gedanken lesen können, meinte sie, sie wolle ihr Dekolleté richten, bevor die Spuren des Alters sichtbar würden. Das hätte mir schon eine Warnung sein sollen. Aber sie deklarierte auf ihre Weise, dass ihre Oberweite ein wesentliches Arbeitsinstrument für sie war. Sie wusste, dass sie dank ihrer Ausstrahlung eine gefragte Person war. Und diese Wirkung verdankte sie ein bisschen ihrem Namen, dann in weit höherem Maße ihrem Charme und nebst den langen Beinen natürlich ihrem Dekolleté. Dadurch wurde sie schnell zum gesellschaftlichen Mittelpunkt, wo auch immer sie hinkam.» Tobler machte eine Pause.

Giugiu übernahm: »Damit hast du mir noch nicht viel Neues gesagt.«

»Es war ihr einziger ›Move‹! Das war alles, was sie zu bieten hatte!«, rief Tobler aus. »Die Frau hatte nichts als ihr Äußeres. Und das Geld, das ihr nach der Scheidung von von Bismarck geblieben war. Was übrigens gar nicht so viel war.«

»Nicht?« Giugiu war echt erstaunt.

»Es waren natürlich schon ein paar Millionen. Aber Siegfried Schubert hat in einem Ehevertrag dafür gesorgt, dass das Gros seines Vermögens in der Familie blieb.«

»Wie hat sie dann das alles finanziert? Das Haus, die Empfänge und schließlich das beträchtliche Kultur-Sponsoring?«

»Ob du's glaubst oder nicht: Diese Hütte gehört mir. Ich habe sie ihr abgekauft.«

Giugiu pfiff durch die Zähne und fügte mit ironischer Stimme an: »Ich wusste gar nicht, dass man als Buchhändler so gut verdient.«

Tobler verzog sein Gesicht. »Als Schönheitschirurg habe ich lächerlich viel verdient und wenig gebraucht. Ich habe keine Familie, und bis ich Giordana kennenlernte hatte ich nicht mal eine feste Beziehung. Mein

Treuhänder hat zudem alles gut verwaltet, und so wurde aus viel Geld noch mehr Geld.«

»Aber dieses Haus – da hast du doch bestimmt ein paar Millionen hinblättern müssen.«

»Achtkommafünf, um genau zu sein.«

»Dann hatte sie doch eine schöne Stange Geld.«

»Wenn du das Geld nicht sorgfältig anlegst, dann geht es schneller zur Neige als Schnee in der Sonne schmilzt.«

»Im Ernst?«

»Viel Geld ist nie so viel, als dass zu großzügige oder gierige Hände es nicht noch schneller abschöpfen könnten. Die Empfänge und die Kleider hätte sie vielleicht noch durch den Ertrag, den das Geld erbrachte, finanzieren können. Aber mit dem Sponsoring hat sie die Substanz angegriffen. Und dann ist es eine einfache Rechnung, ab wann keines mehr zur Verfügung stehen wird.«

»Und du wolltest das nicht mitfinanzieren. Ich verstehe.«

»Zu Beginn habe ich die Empfänge noch bezahlt. Und ich habe sie wiederholt davor gewarnt, diese großen Beträge zu sponsern.«

»Wieso hast du eigentlich deine Praxis aufgeben? Das war doch eine nicht versiegende Geldquelle.«

Tobler stutzte und sah seinen Freund an, als hätte er das schon einmal erzählt. Doch dann besann er sich und sagte: »Irgendwann wurde mir das Ganze zu blöd. Meine Arbeit hatte nichts mehr mit der Verbesserung der Lebensqualität zu tun. Es ging nur noch um die Frage, wie man noch mehr Geld ausgeben kann. Ich war Anfang vierzig und hatte genug Geld verdient, um ein sorgloses Leben führen zu können.«

»Aber nicht mit dieser Frau. Also musste sie weg.«

»Nein, das war nicht der Grund. Auch wir hatten einen Ehevertrag. Ich wollte ursprünglich nicht den Verdacht erwecken, dass ich hinter ihrem Geld her war. Als ich dann sah, wie die tatsächlichen Verhältnisse waren, war ich froh, dass sie nicht an mein Vermögen konnte.«

»Du hast alle Konten für sie gesperrt?«

»Es war eine Sucht. Sie musste Geld ausgeben, um für sich selbst eine Scheinwelt aufrechtzuerhalten. Mir blieb nichts anderes übrig, als ihr mein Geld zu verweigern.«

»Warum dann der Mord? Sie hätte sich doch über kurz oder lang selbst zu Grunde gerichtet.«

»Wer spricht denn hier von Mord?«

»Du! Ich! Wir beide, in diesem Moment!«

Tobler schmunzelte. Scheinbar nahtlos fuhr er fort: »Weißt du, Giordanas wunderbare Ausstrahlung, ihr Witz und ihre Schlagfertigkeit hatten auch eine Kehrseite. Zu Hause fiel sie in sich zusammen. Nicht sofort. Es dauerte unter Umständen ein paar Tage. Dafür war ihr Fall um so tiefer.«

»Wie muss ich mir das vorstellen?«

»Nun, es gibt nicht jeden Tag eine Eröffnung des Filmfestivals in Locarno. Und auch das längste JazzAscona ist eines Tages zu Ende. Und der Gemeindepräsident eröffnet höchstens einen Kindergarten im Jahr. Du verstehst, was ich meine?«

»Ich denke schon.«

»In der Zeit, in der nichts lief, hatte sie keinen Lebensinhalt mehr.«

»Sie wurde depressiv?«

«Nicht so, wie man das erwarten würde. Statt traurig und antriebslos wurde sie böse. Es begann stets mit Nörgeln. Sie machte sich lustig über meine Arbeit, dass ich als Chirurg nur der Dienstherr der Reichen und Schönen sei. Sie dagegen würde von ihnen eingeladen. Ich sei nichts ohne sie und so weiter. Und wenn sie mich damit nicht mehr verletzen konnte, erzählte sie mir davon, wie toll der Sex mit anderen Männern sei und dass ich eine Flasche im Bett sei und so weiter.«

»Sie ist fremdgegangen?«

»Mit dem Stadtpräsidenten bestimmt. Mit anderen vermutlich auch. Irgendwann hat es mich auch nicht mehr interessiert.«

»Warum hast du nicht den zivilen Weg beschritten und dich scheiden lassen?«

»Da hätte sie nie und nimmer mitgemacht. Außer ich hätte irgendeine Schuld auf mich genommen, sodass ich ihr das Haus hätte überlassen müssen oder dergleichen. Dazu war ich nicht bereit.«

»Ich beginne langsam zu verstehen«, sagte Giugiu und gönnte sich das letzte Tatarbrötchen.

»Soll ich noch mehr holen? Es sind noch welche in der Küche.«

Giugiu zögerte. Gerne hätte er die Geschichte ohne Unterbruch weiterverfolgt. Aber das Bad im Pool hatte ihn hungrig gemacht. Also hörte er sich sagen: »Gerne! Die sind unglaublich lecker.«

Tobler stand auf. Als er zurückkam, trug er in der einen Hand eine Platte, die genauso gut belegt war wie die erste. In der anderen Hand hielt er eine weitere Flasche Merlot. Er schenkte ein, und sie genehmigten sich einen ausgedehnten Schluck. Endlich erzählte Tobler weiter.

»Wie gesagt, im Grunde konnte sie einem leidtun. Sie war eine Süchtige. Du kannst dir vorstellen, dass es nicht mehr viele schöne Momente zu Hause gab. Als ich meine Buchhandlung aufmachte, wurden die Demütigungen nur noch heftiger. Ich sei ein Versager, könne nichts Besseres als Bücher verkaufen, was doch kein Zukunftsmarkt sei et cetera. Und sie begann mich auch in der Öffentlichkeit lächerlich zu machen.«

»Oje!«, seufzte Giugiu.

»Nie demonstrativ. Aber immer häufiger fielen spitze Bemerkungen in Gegenwart anderer, die ihre Wirkungen nicht verfehlten. Du musst nämlich wissen: Zu Beginn kam die Nomenklatur Asconas selbstverständlich in meine Buchhandlung. Beim Mann von der Giordana einzukaufen, gehörte zum guten Ton. Je mehr sie sich aber über meinen neuen Beruf lustig machte, desto seltener waren diese Leute in meinem Laden anzutreffen.«

»Rentiert sich der Laden denn überhaupt?«

»Ich habe ihn ja nicht eröffnet, um Geld zu verdienen.« Tobler sah Giugiu leicht befremdet an. »Aber hast du mal erlebt, wie ein Kind sein Erspartes in deinen Laden bringt, um sich ein Buch zu kaufen? Oder hast du mal mit einem Kunden eine halbe Stunde lang über die bleibende Bedeutung von Dürrenmatts *Besuch der alten Dame* diskutiert? In solchen Moment erlebe ich meine Arbeit als sinnvoll, und ich möchte nichts anderes mehr machen.«

»Okay, das Leben zu Hause wurde mehr und mehr zur Hölle für dich. Wie aber hast du nun die Giordana über den Jordan gebracht? Bzw. unter den Lago Maggiore?« Der Bericht Toblers war schon so weit gediehen, dass weder Giugiu noch Tobler diese flapsige Bemerkung für unangebracht hielten.

Ungerührt fuhr Tobler fort: »Ich habe das nicht geplant. Im Grunde hat sie es herausgefordert. Ich habe dann nur noch ein bisschen nachgeholfen.«

»Wie soll das gehen?«

»Wie in der Zeitung zu lesen war, ging Giordana jeden Morgen schwimmen. Ihr Ziel war stets die Insel Brissago. Aber von hier aus ist das natürlich viel zu weit. Jedenfalls hatte sie sich vor rund drei Wochen stark erkältet. Und weil sie sich nicht schonte, wuchs sich das zu einer Lungenentzündung aus. Danach lag sie dann erst mal einige Tage flach.«

»Alles andere hätte mich auch gewundert«, schob Giugiu ein.

»Sie wollte aber so schnell als möglich wieder losschwimmen. Ich wusste, dass das noch viel zu früh war, und habe ihr auch entsprechend geraten. Sie aber spottete nur, dass ein Buchhändler ihr da nichts sagen könne. Ich rief ihr in Erinnerung, dass ich studierter Mediziner sei. Doch sie lachte nur. Je mehr ich ihr davon abriet, desto fester wurde ihr Entschluss. Also machte ich an jenem Morgen das Boot bereit, mit dem ich sie begleitete. Und als ich so im Boot stand, die Abdeckung wegpackte und den Motor startete, musste ich an einen Kunden denken, der ein paar Tage zuvor in meinem Laden war.«

»Was wollte denn der für ein Buch? *How to kill my wife*?«

»Nicht doch. Er war leidenschaftlicher Schwimmer. Er trainierte täglich mit Freunden, und als sie fit genug waren, haben sie damit begonnen, an diversen Seeüberquerungen teilzunehmen. Bei einer Überquerung, so hat er mir erzählt, sei aus irgendeinem Grund das Begleitboot stets so ungünstig in seiner Nähe mitgefahren, dass er unentwegt die Abgase in der Nase gehabt hätte. Das sei so weit gegangen, dass er am anderen Ufer nicht aus dem Wasser steigen konnte. Er musste sich erst übergeben. Erst danach habe er nur mit Mühe das Wasser verlassen können.«

Giugiu hob den Kopf. »Ich ahne, wo das hinführt.«

»Giordana kam«, fuhr Tobler fort, »in ihrem roten Badeanzug aus dem Haus – sie sah wie immer wunderbar aus –, stieg wortlos ins Wasser und schwamm los. Ich bewegte das Boot vom Ufer weg und begann wie sonst auch, neben ihr herzufahren. Nur an diesem Morgen fuhr ich näher als üblich zu ihr hin und positionierte das Boot so, dass die Abgase stets in ihre Richtung gelenkt wurden. Natürlich protestierte sie, rief mir allerlei Schimpfwörter zu, aber ich tat, als verstünde ich wegen des Motorenlärms nichts.«

»Hat sie nicht versucht auszuweichen?«

»Natürlich hat sie das. Aber dann habe ich die Fahrtrichtung einfach ebenfalls geändert.« Tobler nippte an seinem Glas. »Sie hat erstaunlich lange durchgehalten, wenn man bedenkt, wie geschwächt sie war. Sie war eben auch von starker Konstitution. Doch schließlich begann sie heftig zu husten und bekam immer größere Mühe, sich über Wasser zu halten.«

»Um Hilfe hat sie nie gerufen?«, fragte Giugiu gespannt.

»Nein, wenn sie noch etwas rausbrachte, waren es einzelne Silben einer Schimpftirade. Das klang dann ganz ähnlich, wie wenn man mit dem Handy schlechten Empfang hat.« Ein leichtes Lächeln legte sich auf Toblers Gesicht. »Es hatte auch etwas Komisches«, meinte er mit amüsiertem Blick. »Jedenfalls hatte sie irgendwann ernsthafte Probleme, sich über Wasser zu halten. Also habe ich das Boot angehalten und bin ins Wasser gesprungen.«

»Sollte euch jemand vom Ufer aus beobachten, musste es so aussehen, als ob du versuchen würdest, sie zu retten«, wagte Giugiu eine Erklärung.

»Genau. Ich musste nun das Werk zu Ende bringen. Ihre Lungen waren ganz klar geschwächt, und sie hatten bestimmt auch schon Wasser aufgenommen. Aber zwischen einem Beinahe-Ertrinken und dem tatsächlichen Eintritt des Todes ist ein großer Unterschied.»

»Oh ja!«, bestätigte der erfahrene Gerichtsmediziner. »Das kann sehr lange dauern.«

»Ich musste also sicherstellen, dass sie tot war, bevor Hilfe eintraf. Ich sprang ins Wasser, tat, als wollte ich sie retten, stellte mich dabei aber sehr ungeschickt an. Immer wieder hielt ich ihren Kopf wie zufällig unter Wasser. Natürlich wehrte sie sich. Also ließ ich sie los, tauchte ab und zog sie an den Füßen hinunter.«

»Du ausgebuffter Kerl!«, zollte Giugiu seinem Freund zweifelhaften Respekt. »Sollten so Hämatome entstehen, würde jeder denken, dass die im Zusammenhang mit der Bergung entstanden seien.«

»Ich wusste, worauf ich zu achten hatte«, bestätigte der ebenfalls geschulte Tobler seinerseits. »Der Kampf war trotzdem härter und dauerte länger, als ich erwartet hatte.«

»Dem ist immer so. Es kommt einem immer unglaublich lange vor.«

»Du scheinst dich auszukennen.«

»Ich bekomme eben zuweilen solche Akten zu lesen.«

»Ich musste zusehen, dass ich selbst immer wieder genug Luft bekam. Also musste ich sie einerseits an den Füßen runterziehen und andererseits, wenn ich selbst nach Luft schnappte, sie mit einer Hand unter Wasser halten. Es war ein brutales Hin und Her. Du glaubst gar nicht, wie viel Kraft in einem Menschen steckt, der partout nicht sterben will.« Tobler Blick war nun deutlich ernster. »Einmal wäre sie mir beinahe entwischt. Dabei geriet sie aber unter das Boot, sodass sie nicht wirklich auftauchen konnte. Kurz darauf hatte ich sie wieder an den Beinen und zog sie unter die Oberfläche. Endlich verlor sie das Bewusstsein.«

»Das war dann das Ende.«

»So ziemlich. Nun hielt ich sie fest, damit sie nicht auf den Grund sank. Den Kopf immer unter Wasser – sicher ist sicher. Ich wartete auf die Seepolizei. Ich konnte Giordana ja unmöglich alleine zurück ins Boot hieven.« Tobler griff sich ein Häppchen. Dann meinte überraschend nüchtern: »Das ist etwas, das man dringend verbessern sollte.«

»Was meinst du?«

»Es dauerte viel zu lange, bis Rettung eintraf.«

Giugiu sah ihn fragend an.

»Okay, für mich hat es gepasst. Aber wenn es tatsächlich jemand zu retten gilt, dann muss das schneller gehen. Ich habe das so bei der Polizei zu Protokoll gegeben.«

»Du bist schon ein seltsamer Kerl. Du bringst deine

Frau um und nutzt diese Erfahrung, um Verbesserungs-
vorschläge bei der Polizei vorzubringen.«

»Wieso sollte das Ganze nicht auch sein Gutes haben?«

Tobler schenkte Wein nach. Sie prosteten sich noch
einmal zu.

Die Dämmerung war mittlerweile hereingebrochen,
doch die warme Abendluft ließ die beiden Freunde aus
Studienzeiten die bequemen Liegen noch ein wenig
schweigend genießen. Schließlich fragte Giugiu: »Du
hast mir nun die ganze Geschichte erzählt. Ich weiß jetzt
ganz genau, wie Giordana zu Tode gekommen ist. Ich
weiß, dass du sie ermordet hast. Weshalb vertraust du
mir, Lorenzo?«

»Wer sagt denn, dass ich dir vertraue?«

»Du hast mir doch eben die ganze Geschichte erzählt!«

»Was meinst du, weshalb wir zuerst im Pool waren.«

Giugiu schaute an sich herunter. »Du wolltest sicher-
gehen, dass ich nicht verkabelt bin?«

»Du bist ein Fachmann. Ich musste damit rechnen,
dass du etwas herausgefunden hast, das mir Probleme
verursachen könnte. Und – gratuliere! – du hattest ja
auch den richtigen Riecher.«

»Nun weiß ich alles, könnte aber vor Gericht nichts
beweisen.«

»Wie fühlt sich das für dich an?«

»Ach, weißt du, die Suche nach Gerechtigkeit ist tatsächlich ein großer Antrieb für mich. Aber ich habe
auch gelernt, dass ich mich manchmal auch einfach
damit begnügen muss, meine Arbeit nach allen Regeln
der Kunst sauber ausgeführt zu haben. Unser Tun bleibt

Stückwerk. Vollkommenheit gibt es in diesem Leben nicht.«

»Wie wahr! Ich habe gesehen, welche Blüten das menschliche Streben nach Vollkommenheit treibt. Und es hat mich angewidert.«

Sie standen auf und gingen ins Haus. Tobler lud Giugiu zum Abendessen ein. Während der Gerichtsmediziner duschte, öffnete der Schönheitschirurg und Buchhändler einen Beaucastel Châteauneuf du Pape und gab zwei saftige Steaks in die Bratpfanne.

Die zwei hatten noch einen schönen Abend bei guten Gesprächen über ihre Zeit im Studium, ihre unterschiedlichen Wege als Mediziner und über ihre Erfahrungen mit Frauen.

Als Giugiu lange nach Mitternacht erheitert von der wunderbaren Zeit mit seinem Freund seine Wohnung betrat, sah er auf dem Tisch den *Corriere del Ticino* liegen, den er am Tag der Beerdigung mit nach Hause genommen hatte. Noch einmal las er die Überschrift: »Ganz Ascona trauert.« Ganz Ascona? Nein, dachte Giugiu. Ein kleiner Buchhändler in seiner großen Villa am See trauert nicht.

Mascha Vassena

Die Nachbarn

Tisch Nummer fünf, direkt am Geländer mit Aussicht auf den See, war ein Schlachtfeld. Teresa Sassi zischte missbilligend, während sie die auf dem Tischtuch verstreuten Pommes frites einsammelte. Eines der Kinder hatte seinen Eistee verschüttet – in der Pfütze lag eine durchweichte Scheibe Weißbrot.

War es so schwierig, Kindern zumindest die wichtigsten Manieren beizubringen? Stattdessen hatten die Eltern so getan, als bemerkten sie gar nicht, was ihr Nachwuchs anrichtete, sondern hatten an ihren Aperol Spritz genuckelt und immer wieder wortreich die Aussicht bewundert. Das mehr als üppige Trinkgeld, das sie hinterlassen hatten, machte es nur schlimmer. Diese Deutschschweizer dachten immer, sie könnten alles mit ihrem Geld regeln. Hier im Tessin zahlten sie sowieso für Essen und Getränke nur halb so viel wie in Zürich, Basel oder St. Gallen, was ihrer Großzügigkeit eine Herablassung verlieh, die Teresa zur Weißglut trieb. Der Zwanzigfrankenschein verschwand dennoch in ihrer Schürzentasche, bevor sie weiter die Teller aufeinanderstapelte.

Als ein langgezogenes Tuten erklang, hielt sie inne und blickte über die Brüstung hinunter auf den Anleger. Sie schürzte leicht die Lippen, während sie dabei zusah, wie die Fähre anlegte und einen neuen, bunten Schwall von Besuchern auf den Steg spuckte. Die wenigen Leute, die die Fähre besteigen wollten, kamen kaum gegen den Strom an. Die Neuankömmlinge überspülten den kleinen Platz und schwappten gegen die Treppe zu den höher gelegenen Häusern des Dorfs. Dort teilte sich die Flut: Ein Teil blieb auf der Terrasse des Al Porto direkt neben dem Anleger hängen, der Rest erklomm die Treppe und nahm gierig die krummen Gassen, die Steinbögen und schmalen Treppen in Besitz. Der bunte Schwarm fiel über die Ausblicke her, riss mit Handykameras Stücke heraus, trotz der Hitze emsig, als gäbe es einen Wettbewerb, wer die meisten Bilder nach Hause brächte.

Teresa dachte sehnsüchtig an den Winter, wenn das Dorf in neblige Stille sinken würde. Auch wenn das bedeutete, dass sie wieder in Lugano putzen gehen musste, weil das Belvedere wie immer bis März schließen würde.

»Teresa, beeil dich, du musst noch die Abrechnung machen!«, schnauzte Carlo, während er mit vier vollen Tellern an ihr vorbeieilte.

»Hüte deine Zunge, *giovanotto* – so lange ist es noch nicht her, dass ich dir den Rotz abgewischt habe!«

»Aber jetzt bist du nicht mehr mein Babysitter«, rief er, ohne sich umzudrehen.

»Gott sei Dank!«

Mit dem angenehmen Gefühl, das letzte Wort gehabt zu haben, kehrte Teresa in den Gastraum zurück und nahm dabei die Schürze ab. Dann setzte sie sich an den kleinen Tisch neben der Theke und machte die Abrechnung. Das Trinkgeld war zufriedenstellend, jedoch nur dank des Zwanzigers. Sie schob alles in ihre Hosentasche, für den Fall, dass Gianpietro wieder ihr Portemonnaie plündern würde.

»Bis morgen, Kleiner!«, rief sie Carlo zum Abschied zu und genoss die Empfindung ihrer auseinandergezogenen Mundwinkel, während sie nach draußen trat.

Das Haus, in dem sie aufgewachsen war, lag nicht einmal hundert Meter Luftlinie vom Belvedere entfernt, doch um dorthin zu gelangen, musste man den Weg kennen. Die Häuser des Dorfs schoben sich ineinander, stapelten sich auf unterschiedlichen Ebenen wie Bauklötze, die ein Kleinkind achtlos aufgetürmt hatte, und waren im Lauf der Zeit miteinander verschmolzen. Schatten hielten die Hitze des Nachmittags in Schach. Nur die Einwohner und die Katzen wussten, welche Durchgänge zu welchem Haus führten, welche Treppe man nehmen, welche Höfe man durchschreiten musste, welche Tore offen waren und welche stets geschlossen blieben.

Nur die dreistesten Besucher drangen so tief in das Dorfgebilde vor, daher hatten Teresa und Gianpietro meist Ruhe vor ihnen, solange sie in der Nähe des Hauses blieben. Zumindest war es bis vor Kurzem so gewesen.

Teresa ging zwischen ihren Palmen und Kräutern hindurch, die in unterschiedlich großen Tontöpfen die Eingangstür flankierten. Dabei streifte sie den Rosmarinbusch, und eine Woge seines intensiven Dufts umhüllte sie. Das Aroma noch in der Nase tauchte sie in den kühlen Vorraum und ging in die Küche. Die Holzläden waren geschlossen, sodass sich das Sonnenlicht in Streifen über den abgenutzten Terrazzoboden legte, über den brummenden Kühlschrank und die weiß lackierte Anrichte, in der seit jeher das Geschirr aufbewahrt wurde.

Neben dem Kühlschrank stand ein mit Wasser gefüllter Eimer. Die zitternde Oberfläche warf sich stetig verändernde Reflexe an die Decke, weil die beiden Rotaugen darin unermüdlich im Kreis schwammen. Teresa musste sich immer überwinden, die Fische zu töten, die Gianpietro nicht an die Restaurants am See hatte verkaufen können, doch sie liebte ihr zartes weißes Fleisch und begann schon jetzt, sich auf das Abendessen zu freuen.

»Schwimmt nur, solange ihr noch könnt«, murmelte sie und wandte sich ab.

Auf dem Tisch stand eine leere Weinflasche. Das Glas war fort, hatte aber einen dunklen Ring auf dem Holz hinterlassen. Dass Gianpietro einfach nicht aufpassen konnte!

Teresa schrubbte den Fleck mit dem Spülschwamm weg, halb wütend, dass ihr Bruder sich wie immer um nichts kümmerte, halb erleichtert, dass er nirgendwo zu sehen war. Wahrscheinlich reparierte er die Netze oder war in die Bar gegangen, nachdem er ausgeschlafen hatte. Bis er wiederkam, gehörte das Haus ihr allein.

Sie hatte noch nie woanders gelebt und wollte es auch nicht. Dies war das Haus, in dem sie aufgewachsen war, ihre Erinnerungen untrennbar verwoben mit der Textur der Steine, Balken, Dielen, ebenso wie die Erinnerungen ihrer Eltern und deren Eltern und deren Eltern. Erinnerungen hielten alles zusammen, die Art, wie man etwas tat, die Plätze, die man Dingen zuwies.

Sie füllte Wasser und Kaffeepulver in die Espressokanne und stellte sie auf den blauen Flammenkranz des Gasherds. Ihre Füße schmerzten. Sie streifte die Gesundheitssandalen ab und krümmte ein paar Mal die Zehen. Gleich würde sie sich setzen, die Beine ausstrecken und den starken, süßen *caffè* in kleinsten Schlucken genießen wie eine Süßigkeit.

Spitze, helle Schreie drangen durch das Hoffenster und bohrten sich in ihre Schläfen. Teresa versuchte, sie zu überhören, doch ihre Aufmerksamkeit richtete sich auf die Geräusche, die alles andere verdrängten. Unweigerlich dauerte es nur wenige Minuten, bis das zweistimmige Rufen und Lachen sich in Geschrei und durchdringendes Geheul verwandelte. Jedes Mal endete es im Streit, wenn die beiden Mädchen draußen spielten. Sie mochten aussehen wie kleine Engel mit ihren langen blonden Haaren und zarten Gesichtern, doch in ihren Kehlen saßen alle Dämonen der Hölle.

Teresa drängte es, zum Fenster zu stürzen und ihre Wut herauszuschleudern, um den Lärm der Kinder zu übertönen. Ihre Hand verkrampfte sich, dann hieb sie mit der Faust auf den Tisch, dass die Untertasse klapperte. Danach saß sie reglos da, während es in ihr brodelte.

Nun mischte sich die Stimme der Mutter in das Inferno. Teresa verstand nur wenig, doch der Tonfall war viel zu ruhig und geduldig, um die beiden zum Schweigen zu bringen.

Als es an der Tür klingelte, schrak Teresa zusammen. Widerwillig stand sie auf, öffnete und sah sich der neuen Nachbarin gegenüber: Einen ganzen Kopf größer als sie selbst, mädchenhaft mit ihrem offenen langen Haar und ihren großen Augen. Zu Teresas Überraschung sprach sie Italienisch, wenn auch mit einem kratzigen deutschen Akzent, der dem Italienischen jede Schönheit nahm.

»Entschuldigen Sie die Störung, aber hätten Sie vielleicht drei oder vier Eier für mich? Die Mädchen möchten Crêpes, aber mein Mann hat vergessen, Eier mitzubringen.« Sie lächelte entschuldigend.

»Natürlich.« Ihr zu geben, was sie wollte, war der schnellste Weg, sie wieder loszuwerden. Teresa drehte sich um, ging zurück in die Küche und holte eine Sechserpackung Eier aus dem Vorratsschrank.

»Was für ein wunderschönes altes Haus«, sagte die Nachbarin. Die Frau war ihr einfach ins Haus gefolgt. »Alles ist so wunderbar authentisch«, sagte sie, während sie sich bewundernd umsah. »Meine Güte, diese alte Küchenwaage! Genau so etwas fehlt mir noch. Würden Sie sie verkaufen?«

Teresa musste sich erst sammeln, bevor sie antworten konnte. »Womit soll ich dann mein Mehl und meinen Zucker wiegen?«

Die andere lachte auf, als hätte sie einen Scherz gemacht.

»Hier.« Teresa hielt ihr den Eierkarton entgegen.

»Sie kriegen die Eier zurück, sobald wir einkaufen waren. Normalerweise ist Daniel nicht so vergesslich. Ich bin übrigens Michelle.«

Teresa nickte nur. Endlich nahm Michelle ihr die Eier ab, rührte sich aber nicht von der Stelle, sondern legte nur den Kopf ein wenig schief.

»Vielleicht trinken wir ja mal einen Kaffee zusammen. Ich kenne hier niemanden. Wir sind wegen Daniels Arbeit hergezogen.« Sie zögerte kurz. Von draußen drang wieder das Gekreisch der Mädchen herein. »Für die Kinder ist es auch nicht leicht. Sie sprechen nur ein paar Worte Italienisch. Ehrlich gesagt weiß ich nicht, ob wir die richtige Entscheidung getroffen haben.« Michelle lächelte mit aufeinander gepressten Lippen, dann richtete sie sich auf und sagte betont munter: »Aber jetzt sind wir hier und machen das Beste daraus. Und mit der Zeit werden wir uns schon eingewöhnen. Fein, dann bis bald auf unseren Kaffee!«

Sie schien gar nicht wahrzunehmen, dass Teresa kein Wort zur Unterhaltung beigesteuert hatte, drehte sich um und verließ das Haus. Teresa drückte die Tür hinter ihr ins Schloss.

Ein nasses Klatschen aus der Küche ließ ihren Kopf herumfahren. Eines der Rotaugen hatte sich aus dem Eimer geschnellt und krümmte sich inmitten einer Pfütze, wobei sein Schwanz immer wieder auf den Boden schlug. Dankbar für die Ablenkung schlurfte Teresa hinüber und hob den Fisch auf. Die Art, wie er sich mechanisch in ihrer Hand krümmte und wand, hatte etwas Abstoßendes. Ohne hinzusehen, schmetterte Teresa seinen Kopf gegen die Kante der Arbeitsplatte, und als sein Leib in ihrem Griff erschlaffte, durchdrang sie eine tiefe Befriedigung.

Sie aßen wie immer zeitig zu Abend, da Gianpietro morgens sehr früh aufstand, um mit seinem Boot auf den See hinauszufahren.

»Hast du die Nachbarsmädchen gehört?«, fragte Teresa.

»Nein.« Ihr Bruder schob sich eine Gabel mit Fisch und Kartoffeln in den Mund und sah wie immer an Teresa vorbei, als sei sie gar nicht anwesend.

»Wie soll ich sie hören, du Idiotin? Mein Zimmer liegt zur anderen Seite.«

»Sie waren wirklich furchtbar laut.«

»Stört mich nicht.« Mayonnaise quoll aus Gianpietros rechtem Mundwinkel. »Der Fisch ist trocken wie Holzspäne.«

»Ich mache ihn genauso wie *mamma*, nach ihrem Rezept.«

»Im Gegensatz zu ihr hast du nie Talent fürs Kochen gehabt. Kein Wunder, dass kein Mann dich haben wollte.«

Teresa umfasste ihre Gabel so fest, dass es wehtat. »Warum bist du immer so gemein?«

Gianpietro wischte sich die Mayonnaise mit einer Papierserviette ab. »Ist nur die Wahrheit, oder hast du etwa irgendwo einen heimlichen Liebhaber versteckt?« Er lachte krächzend und tat, als sähe er sich um. »Zeig dich, Casanova!«

Teresa blickte auf die zerfetzten Reste des Rotauges auf ihrem Teller und legte das Besteck beiseite. »Du hast recht, der Fisch schmeckt nicht.« Sie zog seinen Teller weg, ging damit zum Mülleimer und schabte die Reste hinein.

»He, ich hätte ihn schon noch gegessen«, protestierte Gianpietro. »Immer bist du so empfindlich. Welcher Mann tut sich so was freiwillig an, hä?«

Teresa antwortete nicht. Wenn sie schwieg, verlor er meistens die Lust daran, sie herunterzumachen. Was

hätte sie auch erwidern können? Es stimmte ja: Nie
hatte ein Mann sie gefragt, ob sie ihr Leben mit ihm ver-
bringen wollte. Für Liebeleien hatte ihr immer die Zeit
gefehlt. Stattdessen hatte sie die Eltern gepflegt und sich
nach deren Tod um Gianpietro gekümmert, wie sie es
ihrer Mutter versprochen hatte.

Auch er hatte nie geheiratet, aber wenn sie das zur
Sprache brachte, behauptete er, er habe sich eben nicht
einfangen lassen. »Ich habe doch dich«, sagte er dann in
einem falsch-freundlichen Ton.

Teresa setzte sich wieder und betrachtete ihn. Seine
Kopfhaut schimmerte durch den Flaum, der von seinem
früher dichten Haar noch übrig war. Sie blickte auf das
Foto über dem Kamin, das sie beide als Kinder zeigte.

»Wir sind nie so laut gewesen«, stellte sie fest.

Gianpietro nickte. »Wir wurden noch zu Respekt erzogen.« Er schenkte sich Wein nach. »Übrigens hat mir
der neue Nachbar ein Angebot für das Seegrundstück
gemacht. Ich werde es ihm verkaufen.«

»Was?« Teresa wollte nicht glauben, was sie gerade gehört hatte. »Das kannst du doch nicht machen!«

»Wieso nicht? Du hast dein Grundstück doch auch
verkauft.«

»Das war doch etwas ganz anderes! Der Obstgarten
gehörte nicht zum Haus.«

Gianpietro hob die Augenbrauen. »Ich kann mit meinem Teil machen, was ich will, genau wie du. Das Angebot ist mehr als nur gut.«

»Aber das ist unsere Badestelle! Und die hat schon immer unserer Familie gehört!«

Gianpietro lehnte sich zurück und rieb sich den Bauch.

»Immer, immer – Unsinn! Oder gibt es unsere Familie schon seit Anbeginn der Zeit? Und wann warst du das letzte Mal dort baden, hä?«

Das stimmte. Sie hatte das kleine eingezäunte Stück Land, kaum größer als eine Terrasse, schon lange nicht mehr aufgesucht. Doch es wäre sinnlos gewesen, ihrem Bruder zu erklären, weshalb bei dem Gedanken, es zu verlieren, solch ein überwältigender Kummer in ihr aufstieg. Es fühlte sich an, als zerbröselten damit auch ihre Erinnerungen an schönere Zeiten.

»Wir brauchen das Geld doch gar nicht«, sagte sie. »Wieso machst du gemeinsame Sache mit den *zücchin*?«

Ihr Bruder beugte sich vor und stützte die Unterarme auf den Tisch. »Was soll ich mit dem Fleckchen anfangen? Da ist mir ein Polster für die Rente lieber.«

Teresa wusste nicht, was sie erwidern sollte. Alles um sie herum brach auseinander, seit Jahren schon, und sie konnte nur tatenlos zusehen.

»Diese Fremden machen alles kaputt«, klagte sie. »Früher war unser Dorf eine Gemeinschaft. Wir haben zusammengehalten, auch wenn wir arm waren. Alles hatte seine Ordnung. Jetzt hat niemand mehr Zeit, und alle sind nur damit beschäftigt, möglichst viel Profit aus den Touristen zu schlagen. Wir verkaufen alles, was uns einmal ausgemacht hat!« Unbewusst war sie zunehmend lauter geworden und verstummte jetzt abrupt. Es war nicht ihre Art, herumzuschreien.

»Du spinnst doch«, entgegnete Gianpietro. »Die Zeit kann man nicht anhalten.« Er schob seinen Stuhl zurück, wobei die Stuhlbeine schmerzhaft laut über den Boden scharrten. »Träum ruhig weiter von der angeblich guten alten Zeit. Ich gehe in die Bar. Warte nicht auf mich, es wird spät.«

Teresa sog den buttrigen Duft der *torta della nonna* ein, die vor ihr auf dem Küchentisch stand, dann stülpte sie eine Plastikhaube darüber. Wenige Minuten darauf stand sie vor der Tür des Nachbarhauses. Es dauerte einige Zeit, bis Michelle öffnete. Teresa hielt ihr den Kuchen entgegen. »Wir wollten doch einen *caffè* zusammen trinken und uns besser kennenlernen. Oder störe ich?«

»Nein, nein, ich habe Zeit«, sagte Michelle hastig und ließ Teresa in den Vorraum treten. Es roch auf eine künstliche Art nach Vanille und frischer Wäsche. Wo früher ein schwerer Schrank gestanden hatte, befand sich jetzt eine scheußliche Garderobe aus Edelstahl.

Teresa musste sich zurückhalten, nicht automatisch den Weg ins Wohnzimmer einzuschlagen. Sie kannte das Haus seit ihrer Kindheit und war unzählige Male hier zu Besuch gewesen, bis ihre Kindheitsfreundin Francesca und deren Eltern nach Lugano gezogen waren.

Michelle nahm ihr den Kuchen ab und ging voraus. Auch das Wohnzimmer sah ganz anders aus als früher. Teresa ließ sich vorsichtig auf der cremefarbenen Couch nieder. Die hellen Möbel ließen den niedrigen Raum mit den dunklen Deckenbalken geräumiger wirken. Durch die offen stehenden Fenster wehte ein leichter Wind, der die ebenfalls cremefarbenen, bodenlangen Gardinen bewegte. Die reinsten Staubfänger, aber sicher hatte die neue Nachbarin eine Putzfrau und musste sich darüber keine Gedanken machen.

»Sie haben das Haus sehr schön eingerichtet. So modern.«

Michelle lächelte ein wenig verlegen, aber offensichtlich erfreut über das Kompliment. »Danke. Ich mache uns einen Kaffee, das geht ganz schnell – Kapselmaschine.«

Teresa unterdrückte ein verächtliches Schnaufen. Kaffee machte man in der achteckigen Kanne auf dem Herd. Aber es ging tatsächlich schnell, und nachdem sie gekostet hatte, musste sie sich eingestehen, dass der Kaffee gar nicht übel schmeckte.

»Wo sind denn Ihre Mädchen?«, erkundigte sie sich, während sie einen Teller mit einem Stück Kuchen entgegennahm. Dabei fielen ihr blaue Flecken auf Michelles blassem Unterarm auf. Die andere bemerkte ihren Blick und zog schnell den Arm zurück.

»Ich bin immer so ungeschickt – ständig stoße ich irgendwo dagegen. Sie haben nach den Mädchen gefragt: Mittwochnachmittags gehen sie nach der Schule zum Tennis.«

»Das kostet sicher viel Geld. Ihr Mann muss gut verdienen, wenn Sie sich das leisten können.«

Michelle winkte ab. »So teuer ist es gar nicht. Aber ja, ich bin froh, dass wir den Kindern etwas bieten können. Der Kuchen ist übrigens köstlich!«

»Ich gebe Ihnen gerne das Rezept«, antwortete Teresa so liebenswürdig, wie sie nur konnte. »Wo arbeitet Ihr Mann denn eigentlich?«

»Ach, langweiliges Zeug bei einer Bank.« Michelle lachte und strich sich eine Haarsträhne aus der Stirn. »Er ist verantwortlich für die Kreditvergabe.«

Sie schwiegen einen Augenblick. Vom See her drang das Tuten des Linienboots herein.

»Haben Sie sich gut eingelebt?«

»Es gefällt uns sehr gut hier.« Michelles Lächeln wirkte ein wenig verkrampft. »Natürlich dauert es seine Zeit. Ich konnte zum Glück schon Italienisch, aber für die Mädchen ist es schwer. Die anderen Kinder machen sich manchmal über ihre Aussprache lustig. Und sie vermissen ihre Freunde. Aber das wird schon.«

»Und Sie?«, fragte Teresa teilnahmsvoll.

Michelle zuckte mit den Schultern. »In Lugano gibt es ab und zu Treffen von englischsprachigen Ausländern, aber offen gestanden fehlt mir meine Familie. Meine Eltern, meine Geschwister und ich haben im selben Dorf bei Zürich gewohnt. Daniel und ich hatten auf dem Grundstück meiner Eltern gebaut. Es ist seltsam, sie alle auf einmal nicht mehr jeden Tag sehen zu können.«

»Sie hatten so etwas gesagt, dass es vielleicht falsch war, hierherzuziehen.« Teresa beobachtete die Nachbarin genau. Diese wippte nervös mit einem Fuß, nickte erst, dann schüttelte sie den Kopf. »Die Frage stellt sich gar nicht. Daniels Vertrag läuft über drei Jahre, danach sehen wir weiter.« Michelle nahm einen Schluck Kaffee, als wollte sie sie weitere Worte hinunterspülen.

Teresa stellte den leeren Kuchenteller auf den gläsernen Couchtisch. »Verzeihung, dürfte ich Ihr Badezimmer benutzen? Oder soll ich lieber nach drüben …?«

»Natürlich dürfen Sie. Im Flur ganz hinten links.«

»Ich weiß.«

»Zum Tennis!«, sagte Teresa in einem absichtlich affektierten Tonfall. »Heutzutage muss alles organisiert sein, weil die lieben Kleinen sonst nicht wissen, was sie mit sich anfangen sollen außer Drogen zu nehmen.«

Gianpietro hob müde den Blick von seinem Abendbrotteller und sagte kauend: »Es ist eben nicht mehr wie früher, Teresa. Alles ist viel gefährlicher, man kann die Kinder nicht mehr einfach so herumziehen lassen.«

»Die sind verwöhnt, deshalb kommen sie nicht zurecht. Um uns hat sich kein Mensch gekümmert. Hauptsache, wir waren zum Abendessen zu Hause. Was für herrliche Zeiten.«

Ihr Bruder lächelte, und Teresa wurde warm ums Herz. Er lächelte so selten. In seinem Gesicht erkannte sie plötzlich wieder den kleinen Jungen, der er einmal gewesen war. Doch Gianpietros nächster Satz ging wie ein Schwall Eiswasser auf sie nieder: »Bist du wirklich so ein dämliches Huhn oder glaubst du den Schwachsinn, den du daherredest?« Er sah sie ernsthaft interessiert an. »Weißt du wirklich nicht mehr, dass es ständig Streit gab wegen irgendwelcher Wegerechte oder Grenzsteine oder weil jemand mit der Frau eines anderen geschlafen oder jemandem die Oliven vom Baum geklaut hatte? Alle haben sich gehasst! Und was unsere ach so idyllische Kindheit betrifft: Hast du vergessen, dass wir immer Angst hatten, weil es bei der geringsten Verfehlung Ohrfeigen und Tritte setzte, vor allem, wenn *papà* besoffen war?« Er schlug mit der flachen Hand auf den Tisch, sodass Teresa zusammenzuckte. »Wahrscheinlich hat er dein bisschen Verstand aus dir rausgeprügelt, sonst würdest du nicht seit vierzig Jahren dieselben Lügen erzählen!«

Teresa starrte auf die Tischkante und presste die

Lippen aufeinander. Sie wollte ihm entgegenschleudern, dass er falsch lag, dass es nicht so gewesen war, wie er sagte. Es durfte nicht so gewesen sein! Doch er würde alles, was sie sagen würde, als Unsinn bezeichnen, wie er es immer tat.

»Lass uns nicht streiten«, bat sie und wies zum Fenster. »Begleitest du mich zu unserer alten Badestelle? Ich möchte gerne ein letztes Mal dort schwimmen.«

»Wir sind doch keine Kinder mehr«, knurrte Gianpietro.

»Nein, aber tu mir den Gefallen um der alten Zeiten willen. Wir hatten so viel Spaß dort, erinnerst du dich?«

Jetzt musste er doch ein wenig lächeln, auch wenn er es zu unterdrücken versuchte.

»Wir waren schon eine wilde Bande damals.« Er stand auf. »Aber ich gehe nicht ins Wasser, damit das klar ist.«

Teresa ließ sich auf ihrem Stuhl nach hinten fallen, fasste sich an den Hals und blickte Kommissarin Mantini entsetzt an.

»Wie ist das passiert?«, krächzte sie.

»Das müssen wir erst noch herausfinden.« Die Agentin der *Polizia cantonale* lächelte beruhigend. Sie verströmte eine warme, beinahe mütterliche Aura, was zum Teil an ihrem fülligen Körper, zum Teil an ihrem verständnisvollen Gesichtsausdruck lag.

»Mein tief empfundenes Beileid. Wann haben Sie Ihren Bruder das letzte Mal gesehen?«

Teresa zog die Augenbrauen zusammen. »Gestern beim Abendessen, gegen halb sieben. Er hatte erwähnt, dass er sich noch mit Signor Tschopp treffen wollte. Der wollte ein Stück Land von ihm kaufen, und es gab wohl noch etwas zu besprechen.«

Die Kommissarin nickte. »Wir haben das Mobiltelefon Ihres Bruders entsperrt und darauf eine Nachricht an Ihren Nachbarn gefunden. Der hat uns bestätigt, dass er gegen halb acht zum vereinbarten Treffpunkt kam – es handelt sich wohl um das Grundstück, um das es ging –, doch Ihr Bruder nicht dort war. Also kehrte Signor Tschopp nach Hause zurück. Haben Sie eine Ahnung, wieso Ihr Bruder nicht zu diesem Treffen gegangen ist?«

Teresa schüttelte den Kopf. »Er war immer zuverlässig. Wo genau haben Sie ihn denn gefunden?«

»Nicht wir, sondern Touristen, die mit einem Motorboot unterwegs waren«, korrigierte die Kommissarin sanft. »Ihr Bruder hatte sich im Ufergestrüpp verfangen, gar nicht weit von seinem Grundstück entfernt.«

»Ist er ertrunken?« Teresa seufzte. »Schwimmen war nie seine Stärke.«

»Ich denke nicht, dass er schwimmen wollte. Er war vollständig bekleidet. Es tut mir leid, dass ich es so unverblümt aussprechen muss, aber Ihr Bruder ist keines natürlichen Todes gestorben. Sein Schädel weist eine Verletzung auf, die von einem stumpfen Gegenstand herrühren muss.«

Teresa legte die Hände vor ihr Gesicht und atmete schluchzend ein. »Das darf doch nicht sein! Das darf nicht sein, das darf nicht sein!«

»Benötigen Sie seelischen Beistand? Ein Psychologe wartet draußen. Oder sollen wir einen Geistlichen verständigen, dem Sie vertrauen?«

Teresa schüttelte den Kopf und ließ die Hände in den

Schoß sinken. »Nein, ich komme zurecht. Es scheint nur alles so absurd und sinnlos.«

»Ich weiß. Gab es denn Probleme zwischen Ihrem Bruder und Signor Tschopp?«

»Nein. Oder warten Sie ... Gianpietro erwähnte etwas ... Er war nicht zufrieden mit dem Angebot von Signor Tschopp und wollte den Preis noch verhandeln. Aber das wäre kein Grund, jemanden zu töten, oder?« Teresa lachte auf, als wäre allein der Gedanke vollkommen absurd.

Teresa glättete den Kragen ihrer schwarzen Bluse, dann ging sie nach unten. Bis der Trauerzug begann, blieb noch etwas Zeit. Sie bereitete sich einen Kaffee zu, setzte sich an den Küchentisch und schlug die Zeitung auf. Im Regionalteil stand auf der ersten Seite die Schlagzeile *Täter überführt: Opfer riss ihm Haare aus.*

Sie überflog den Artikel: *Kommissarin Mantini bestätigt, dass das Opfer Gianpietro S. mehrere Haare seines Nachbarn Daniel T. umklammert hielt. T. befindet sich derzeit in Untersuchungshaft. Staatsanwältin Arianna Manzoni wird Anklage erheben.*

Teresa lächelte, leerte ihre Espressotasse und klappte die Zeitung wieder zu. Sie schlüpfte in schwarze, flache Schuhe und legte sich eine ebenfalls schwarze Stola um. Nackte Arme gehörten sich nicht bei einer Beerdigung, auch wenn es eigentlich zu heiß dafür war.

Sie trat vor die Haustür, und ausgerechnet im selben Moment kam Michelle aus ihrem Haus, einen Karton voller Spielzeug im Arm. Ihr Gesicht war schmal und blass, als wäre sie dabei, sich aufzulösen. Sie erblickte

Teresa, zuckte zusammen und wollte wieder im Haus verschwinden, doch Teresa hob die Hand.

»Bitte, nur eine Minute!«

Michelle blickte zwischen der Haustür und Teresa hin und her, und bevor sie sich entscheiden konnte, war Teresa bei ihr.

»Ich bin nicht wütend auf Sie.« Teresa legte eine Hand auf Michelles Unterarm. »Nicht einmal auf Ihren Mann.«

Michelles Gesicht wandte sich ihr zu. Aus der Nähe sah man ihre verquollenen Augen und die dunklen Schatten darunter. »Daniel schwört, dass er es nicht war.«

»Und, glauben Sie ihm?«, fragte Teresa ruhig.

Michelle schluchzte und schüttelte den Kopf. »Ich würde so gerne! Aber er kann sehr wütend werden, und manchmal verliert er dann die Kontrolle.«

»Wohin gehen Sie und die Mädchen jetzt?«

»Zu meinen Eltern. Den Kindern wird die gewohnte Umgebung guttun. Das alles hat sie ziemlich mitgenommen.«

»Sie werden das mit der Zeit verarbeiten«, sagte Teresa. »Und Sie sind jetzt sicher.«

Michelle nickte und lächelte unter Tränen. »Man muss wohl versuchen, immer das Positive zu sehen.«

Teresa lächelte. »Das finde ich auch. Wir müssen immer daran glauben, dass sich alles zum Guten wendet. Und manchmal tut es das tatsächlich.«

Gabriela Kasperski

Der zweite Koffer oder Irrfahrt ins Tessin

Mit Dank an Karin Vollrath

Das Gepäckregal war voll. Pinke Schalenkoffer, schwarze Schalenkoffer und ein silberner, der so riesig war, dass er fast ein ganzes Fach einnahm. Für Laras abgenutztes Modell in einer handlichen Größe gab es keinen Platz mehr.

Hinter Lara hatte es sich gestaut, wegen eines Ausfalls war der Zug von Bern nach Luzern überfüllt. Als sie ihren Sitz erreichte, saß dort bereits ein korpulenter Mann in Anzug und mit Krawatte.

»Entschuldigung, das ist mein Platz. Ich habe reserviert.«

Wenn Blicke töten könnten … Lara beharrte jedoch auf ihrem Recht, sie freute sich auf etwas Ruhe vor dem abendlichen Trubel zu Hause.

»*Stupida!*«, murmelte der Mann und verzog sich.

Sie entschied, dass sie es falsch verstanden hatte, und quetschte ihren Koffer hinter die Rückenlehne der Sitzreihe, wobei sie eine gedehnte Naht am Reißverschluss bemerkte. Sie müsste bald einen neuen kaufen.

»Wie im Krieg hier, nicht wahr?«, sagte ihre Sitznachbarin. »Zum Glück ist der Typ weg. Er war einer von denen, die einem den Ellbogen in die Seite rammen.« Sie tauschten ein kurzes Lächeln. Was für eine Erleichterung, die Beine auszustrecken, die Ohrstöpsel einzusetzen und den Krimi zu Ende zu lesen. Es war ein Bestseller über eine Irrfahrt ins Tessin.

***

Eine metallische Stimme weckte Lara aus dem Tiefschlaf. Der Zug stand still, die meisten Passagiere waren bereits ausstiegen, die Sitznachbarin drängelte sich mit einer gemurmelten Entschuldigung vorbei. Lara, noch etwas benommen und nicht ganz da, stand ebenfalls auf, zog ihren Mantel an und hängte sich die Handtasche um. Draußen wurde sie vorwärts gestoßen, es war unmöglich, sich dem Gehetze zu entziehen. Bei einem Kiosk mit Büchern fiel ihr siedend heiß ein, dass sie ihr Buch im Zug liegen gelassen hatte. Die Vorstellung, sich noch mal durch die Menschen zu kämpfen, war ihr ein Gräuel. Darum suchte sie die Bahnhofsbuchhandlung auf, wo der Krimi neben einem Reisführer über das Tessin bei den Neuheiten angeboten wurde. Beim Bezahlen bemerkte sie, dass auch ihr Koffer fehlte. Sofort begann ihr Herz zu rasen. Seit wann war sie so vergesslich? Das Buch war das eine – aber ein ganzer Koffer? Ihre Arbeitsunterlagen, ihr Laptop, die Fotos der Kinder. Ihr ganzes Leben!

Ohne das Buch zu kaufen, hastete Lara zurück in die Abfahrtshalle. Als sie das Gleis erreichte, fuhr der Zug gerade los.

Keuchend blieb sie stehen und fragte sich, wo sie eine Verlustmeldung deponieren könnte. Sie entschied sich für das Reisebüro der SBB.

Nein, sie wolle keinen Termin für eine Buchung, sie wolle ihren Koffer zurück. Er stehe im InterRegio nach Lugano. Zweimal wurde Lara weitergeschickt, bis sie endlich im Fundbüro ankam. Eine Auskunftsperson griff zum Telefon, noch während Lara ihren Koffer beschrieb. »Ich versuche es direkt beim Schaffner des Zuges.«

Sie erreichte ihn nach kurzem Warten und erklärte die Situation in schnellem Italienisch. Ihr Nicken war beruhigend. Doch, ja, ein abgenutztes blaues Gepäckstück stehe in Wagen 13.

»Lugano ist die Endstation, der Schaffner wird den Koffer abgeben, und morgen wird er zurückgeschickt. Nach dem Mittag können Sie ihn hier abholen.«

Morgen nach dem Mittag? »Könnte der Schaffner ihn nicht heute Abend noch zurückschicken?« Während des Gespräches hatte Lara den Fahrplan aufgerufen. »Sehen Sie, der letzte Zug geht um 22 Uhr. Ich warte hier am Bahnhof und nehme ihn entgegen.«

Nein, leider, gegen die Vorschriften. Die Schaffner seien nicht für verlorene Gegenstände zuständig.

Lara hatte einen weiteren Vorschlag. »Kann ich ihn in Lugano abholen? Wenn ich jetzt losfahre, bin ich um kurz vor 21 Uhr da und könnte die Rückfahrt anschließend knapp schaffen.«

Die Auskunftsperson wurde von Laras Elan angesteckt. Einige Telefonate später beschied sie ihr, dass irgendein Engel am Bahnhof Lugano eine Ausnahme machen würde.

Sie bekam ein Gratis-Billett, den Zug ins Tessin erwischte sie eine Minute vor Abfahrt. Dass alle Plätze besetzt waren, konnte ihr nichts anhaben. Sie setzte sich zu einem jungen Paar auf den Boden vor der Toilette. Einen Moment lang trauerte sie dem Krimi nach. Ohne Buch und Laptop blieb ihr nur das Handy. Sie entschied sich für einen Podcast über verlorene Gegenstände und erfuhr Beruhigendes: Koffer zählten nebst Portemonnaies, Pässen und Regenschirmen zu den Sachen, die am häufigsten liegen gelassen wurden. Lara war also nicht die Einzige, es gab eine weltweite Community von Leuten wie ihr.

Um sicherzugehen, dass der Koffer wie vereinbart ausgeladen wurde, bat Lara den Schaffner, seinem Kollegen im anderen Zug Bescheid zu geben.

»Wie sieht Ihr Herzstück denn aus? Einige spezifische Merkmale wären dienlich.«

In der Seitentasche sei eine Packung Papiertaschentücher, und eine Nacht sei überdehnt.

»Ein gebrauchtes Modell also?«

Das Foto, das gleich darauf eintraf, gab den Ausschlag: Lara erkannte den Koffer als den ihren, und die Erleichterung war groß.

Der Rest der Reise verging wie im Flug. Nach dem Gotthardtunnel verwandelte sich die Landschaft, bei Biasca tauchten erste Palmen auf, in Bellinzona wurde es leer im Zug, und schon näherten sie sich Lugano Stazione.

Beim Aussteigen überkam Lara ein lang vergessenes Gefühl. Mit ihren Töchtern fuhr sie in den Ferien immer weit weg und vergaß dabei, dass sie selbst als Kind

Sommer für Sommer im Tessin verbracht hatte. Es roch nach Wärme und Salmiak. Der Bahnhof war umgebaut worden, nicht unähnlich dem von Luzern. Der Schalter war nicht mehr besetzt, aber im Hintergrund wuselte eine Frau herum. Sie machte extra für Lara noch mal auf.

»Der Koffer ist bei den Fundgegenständen. Ich glaube, die Kollegin ist noch da.«

Die Frau führte Lara an einigen Fahrrädern vorbei zu einer Eisentür. In dem fensterlosen Raum standen gut gefüllte Regale. Lara erblicke nebst Taschen, Rucksäcken und Koffern ein Ballkleid, ein mittelalterliches Schwert und einen Rettungsring.

Ich schreibe denen vom Podcast, dachte sie, die werden staunen.

Die Frau übergab sie an eine Kollegin in Uniform, die das Handy wie eine Waffe am Gurt befestigt hatte. Ein Schild verriet, dass ihr Name Bani lautete. Sie war klein. Drahtig. Und streng.

»Ohne Autorisierung kann ich keine Gegenstände herausgeben.«

»Aber ich habe den Koffer per Foto identifiziert.«

»Mit welcher Fallnummer? Die ist wichtiger als ein Foto.«

Frau Bani wollte Feierabend machen und begann, Lara hinauszudrängen.

»Ich habe einen Zeugen.« Lara versuchte, sich an den Namen des Schaffners zu erinnern. Er sei nett gewesen und habe sie unterstützt. »Und einen Beweis habe ich auch.« Die Erwähnung der Packung mit den Taschentüchern beeindruckte Frau Bani wenig. »Da könnte ja jede kommen. Wie erwähnt: Ich brauche ein Formular und die Nummer.«

Lara hatte keine. Aber sie erspähte ihren Koffer. Er stand im untersten Regal zwischen einem Rucksack und einer Trommel. Nachtblau und nicht mehr ganz neu. Mit einem überdehnten Reißverschluss.

»Das ist er! Da ist mein Laptop drin. Damit muss ich morgen eine Präsentation halten. Ich bin alleinerziehend, ich brauche diesen Job. Bitte machen Sie eine Ausnahme!«

Frau Bani blieb hart. »Kommen Sie morgen früh wieder.«

Lara warf einen letzten Blick auf ihren Koffer. Es war so unglaublich … kafkaesk.

Das Gefühl wurde noch verstärkt, als sie merkte, dass der letzte Zug nach Luzern mittlerweile abgefahren war. Sie saß in Lugano fest.

Nachdem sie notwendige Kleinigkeiten wie die Betreuung ihrer Töchter und der Katze organisiert hatte, buchte Lara eine Pension. Natürlich war an Schlaf nicht zu denken.

***

Völlig übernächtigt kam Lara am Morgen als Erste in den Frühstücksraum. Wegen des schönen Wetters war auf der Terrasse gedeckt. Von hier aus hatte sie Ausblick auf den Monte Brè und den See. Rechterhand ragte der San Salvatore in den Himmel. Sie sah sogar die rote Standseilbahn.

Zum Frühstücken war sie zu nervös. Hocherfreut

konstatierte sie eine E-Mail von der SBB: darin aufge-
führt die Vermisstmeldung, die Location des Koffers
und die Nummer. Die berühmte Fallnummer! Um fünf
vor neun stand Lara am Schalter.

»*Buongiorno*, was kann ich für Sie tun?«

Lara musste keine zwei Worte verlieren.

»Ah, die Frau mit dem alten Koffer.«

Lara zeigte die Fallnummer vor.

Es wurde getippt und telefoniert. Schließlich wurde
Lara abgeholt, von einem jungen Mann mit Charme. An
den Fahrrädern vorbei ging es zur Stahltür. Nun stand
sie wieder im Fundbüro. Aber zwischen dem Rucksack
und der Trommel, wo gestern ihr Koffer gestanden hatte,
klaffte eine Lücke: Er war nicht mehr da.

Der junge Mann war verwirrt und überfordert, ein
Lehrling im dritten Jahr, wie sich herausstellte. Den
Koffer habe bereits jemand abgeholt, aber mit einer an-
deren Fallnummer. Eine Verwechslung, offenbar.

Lara konnte es nicht glauben. Um sie zu überzeugen,
zeigte ihr der junge Mann eine Notiz mit einer Ausliefe-
rungsadresse in Montagnola. Dieses Dorf kannte sie aus
ihrer Kindheit. Auf dem Friedhof dort war Hermann
Hesse begraben.

»Aber wo ist dann der andere Koffer? Wenn er verwechselt wurde, müsste es ja zwei geben.«

Der Lehrling telefonierte erneut. Das Mysterium
wurde immer größer: zwei Fallnummern und nur ein
Koffer.

»Ich fahre hin«, sagte Lara, »und kläre das vor Ort.«

Aber der Lehrling bekam auf Nachfrage bei seinem
Vorgesetzten andere Befehle: Der Koffer müsse fachge-

mäß von der SBB abgeholt werden. Sie könne heimfahren, er würde ihr bis an die Haustür geliefert. Lara bekam einen Beleg in die Hand gedrückt, einen Gutschein für ein Frühstück im Bistrolino, das Billett musste sie diesmal selbst zahlen.

Durch die Fensterfront sah Lara, dass ein Postauto auf der gegenüberliegenden Seite beim Ausgang Besso hielt. In einer spontanen Reaktion rannte sie hin, als ginge es um ihr Leben. Der Busfahrer erspähte sie im Rückspiegel und hielt an. *Gentilino – Montagnola* stand in roter Digitalschrift vorne drauf. Jawohl! Mit etwas Glück wäre sie vor dem SBB-Abholdienst bei ihrem Koffer!

Unterwegs versank Lara in Kindheitserinnerungen. Hier waren sie jeden Morgen langgefahren, von Montagnola hinunter zur Piazza Riforma, von da zu Fuß ins Lido di Lugano und abends wieder hoch. Die Straße wand sich an Wohnhäusern und versteckten Villen vorbei. Nach der Clinica Sant'Anna gab es immer noch den Wegweiser zu den Grottis: *Ai Grotti.* Lara erinnerte sich an den Duft des gegrillten Fleisches, die gebratenen Kartoffeln und den kleinen Schafskäse. An das weiße Brot, das sie körbeweise verspeist hatten. An die Gassosa-Limonade und den Schluck Barbera aus den Boccalini der Eltern.

Sie kamen an der Kirche von Gentilino vorbei und an dem großen Friedhof mit Hesses Grabmal, der bereits auf dem Gemeindegebiet von Montagnola lag. Fast hätte Lara den Ausstieg verpasst. Der Busfahrer schmunzelte. »Schönen Tag, *Signorina*!«

Fräulein? Warum nicht? Im Tessin tickten die Gleichstellungsuhren anders. Sie gab die Adresse auf Google Maps ein. Der Weg führte durch das kleine Dorf nach oben zu einem Villenviertel, wo zwischen den Bäumen ab und zu ein Swimmingpool aufblitzte. Es roch nach Pinien, nach Chlor und nach verrotteter Erde. Google Maps rotierte, gab den Geist auf und schickte sie zurück auf die Straße. Verdeckt von einem Feigenbaum fand sie schließlich den Wegweiser zur Casella Montagnola. Inmitten von Magnolien und einem millimeterkurzen Rasen stand ein renoviertes Tessinerhaus aus Stein, mit einem Rundbogenfenster und einem nierenförmigen Swimmingpool. Der Ausblick auf den Luganersee war einzigartig. In der Auffahrt stand ein SUV. Der Koffer-raum war so offen wie die Haustür. Lara wollte gerade klingeln, als sie eine männliche Stimme vernahm.

»Nein, es ist NICHT der richtige Koffer. Sie haben ihn verwechselt. *Affanculo!*« Aus dem folgenden Wasser-fall von Worten hörte sie heraus, dass der Mann die SBB dazu aufforderte, den Koffer wieder abzuholen. »Es ist der falsche! Mein Koffer muss nach Italien. Wann? Jetzt gleich. Es ist mein ganzes Leben!«

Sein ganzes Leben? Das klang dramatisch. Lara wagte einen Schritt nach vorn und erblickte einen Mann, der mit dem Rücken zu ihr stand. Er war korpulent und trug einen Anzug mit Krawatte, genau wie der, der ihr ges-tern im Zug den Platz geklaut und sie danach beschimpft hatte.

»Nicht zwischen den Sitzen. Ganz hinten auf der Gepäckablage. Davor stand ein silberner Schalenkoffer. Ich war kurz auf der Toilette, und als ich zurückkam, war er weg. Wo ist er, verdammt?«

Für den Mann war der Verlust des Koffers offenbar noch schlimmer als für sie. Lara drehte sich um. Beim Auto konnte sie nicht widerstehen, sie trat näher und blickte in den geöffneten Kofferraum. Da lag er, ihr Herzstück, nachtblau, abgenutzt, mit überdehntem Reißverschluss.

Sie sah es vor sich: Wie der Mann, wütend über den Sitzplatzverweis, davon gestürmt war, wie er im Speisewagen ein Bier in sich hineinschüttet hatte, vielleicht auch zwei oder drei, wie er kurz vor Lugano seinen Koffer holen wollte und sich darüber ärgerte, dass er am falschen Ort stand, dies aber seinem alkoholisierten Zustand zuschrieb, denn der Koffer war seiner, mit der gedehnten Naht und den Taschentüchern, und wie er schließlich merkten musste, dass er sich geirrt hatte. Es war der falsche Koffer. Lara packte ihn und floh. »Ah, die schöne *Signorina*, schon wieder im letzten Moment.« Der Busfahrer öffnete die Tür. »Dafür mit Gepäck! Wohin geht die Reise?«

»Nach Luzern«, keuchte sie und warf einen Blick über die Schulter. Der Mann im Anzug war nicht zu sehen, niemand war ihr gefolgt. Nachdem sie sich gesetzt hatte, öffnete sie vorsichtig den Reißverschluss des Koffers, holte den Laptop heraus und verstaute ihn in ihrer Handtasche. Sicher ist sicher. Am Bahnhof winkte sie dem Busfahrer zu.

Den Zug erwischte sie gerade noch. Auf der Heimfahrt bearbeitete sie ihre E-Mails. Von der SBB waren sieben gekommen. In der letzten entschuldigte man sich für die Verwechslung. Ihr Koffer sei in Luzern im Fundbüro, er würde am Abend geliefert.

Denkt ihr, dachte Lara.

In Luzern stieg sie aus, bis zur Präsentation blieb ihr noch etwas Zeit. Und es interessierte sie brennend, was der unhöfliche Mann so Lebenswichtiges nach Italien bringen wollte.

»Sie schon wieder? Sie sind mittlerweile berühmt bei uns! Kommen Sie mit!« Die Auskunftsperson führte sie ins Fundbüro, wo ein nachtblauer Koffer auf einem Tisch lag. Laras Fallnummer stimmte mit dem Etikett überein. Im Seitenfach war eine Packung Papiertaschentücher. Und der Reißverschluss war überdehnt. Offenbar ein Fabrikationsfehler, dachte Lara.

»Können Sie kontrollieren, bitte!«

Lara klappte den Deckel auf. Ein Pulli, eine Hose. Ein Kulturbeutel, ein Haufen zerknüllter Schmutzwäsche. Darunter ein Umschlag, dick und prall. Lara holte ihn heraus. Es war voller Geldscheine.

Die Beamtin versteinerte. »Ist das Ihr Geld?«

»Nein«, sagte Lara. »Mein Koffer ist der da.« Sie hob ihren eigenen Koffer in die Höhe. »Der hier gehört einem Mann aus Montagnola. Ich denke, dass er das Geld nach Italien schmuggeln wollte.«

***

Nach einem längerem Hin und Her konnte Lara endlich gehen. Ihr Blick fiel auf ein Buch, ganz vorne im mittleren Regal. Es war der Krimi, den sie hatte liegen lassen. Dafür hatte sie keine Fallnummer. Und wenn sie es sich so überlegte, war ihr Bedarf an Irrfahrten ins Tessin für den Moment gedeckt.

Peter Weingartner

Geburtskanalyse im
Gotthardtunnel

Was hat sie gefragt? Ob sie mal mit einem Streckenwärter durch den Gotthardtunnel marschieren
könne? Nein, nicht den Basistunnel und auch nicht den
Autobahntunnel will sie durchqueren, sondern den alten
Eisenbahntunnel, oben, von Göschenen bis Airolo. Den
originalen, von Louis Favre durchgeboxten, pardon
durchgebohrten unter großen Verlusten. Das sind nicht
nur die 199 Arbeiter, die beim Bau gestorben sind, bei
Unfällen und an Krankheiten wie Typhus oder Silikose:
53 von Wagen oder Lokomotiven zerquetscht, 49 von
Felsen erschlagen, 46 durch Dynamit getötet. Das sind
darüber hinaus auch jene, die der Tunnelwurm, wieder zu
Hause in Oberitalien, in der Lombardei, im Piemont, in
den Tod, wenn nicht gerissen, so doch allmählich ins Jen-
seits gestoßen und gezogen hat, eine unheimliche Krank-
heit, die man heute vielleicht als psychisch und physisch
bedingte Störungen bezeichnen würde. Quasi psychoso-
matisch, was ich als Streckenwärter nachvollziehen kann.
Dazu kommen jene vier italienischen Arbeiter, die beim
Streik 1875, als die Arbeiter einen Franken mehr Lohn
pro Tag verlangten, erschossen worden sind. Und viele
der praktisch rechtlosen Arbeiter, die an den Spätfolgen
der schweren Arbeit gestorben sind.

Und es stimmt natürlich: Es ist nicht jedem Menschen gegeben, dieses Loch zu betreten im Wissen, erst nach über 15 Kilometern wieder frei und an der Sonne – im besten Fall *scheint* sie in Airolo – atmen zu können. Andererseits bietet dieser Marsch Gelegenheit zum Sinnen und, wenn du ihn zu zweit machst, was früher, als noch alle Züge über den Berg mussten, die Regel war, zum Reden. Das verkürze die Zeit, verteidigen sich die ewigen Schwafler und Plauderer. Ich erinnere mich an einen Kollegen, den Indergand Sepp, der mir auf der Arbeit im Loch seine Geschichte erzählte, die Fehlgeburt seiner Frau muss ihn schwer hergenommen haben. Ich bin mehr der Zuhörer als der Redner. Und ich bin ledig. Der Vorteil bei der Sache: Man muss einander nicht ansehen, denn man geht hintereinander, selten nebeneinander. Und es ist, trotz Lampen an den Tunnelwänden, dunkel. Allein das stete Gehen hat eine beruhigende Wirkung.

Es war eine Eingebung. So stelle ich mir vor, ist es auch Bruder Klaus gegangen, als er wusste: Ich muss in den Ranft ziehen. Oder Martin Luther in jenem schweren Gewitter auf dem Rückweg von einem Besuch bei seinen Eltern: Ich muss mein Leben ändern und ins Kloster eintreten, Mönch werden statt Jurist. Erzählen nicht Nonnen von solchen Erlebnissen? Berufung, sagen sie. Eine plötzliche Klarheit. Als Mutter mir erzählte, ich sei per Kaiserschnitt ins Leben gekommen, da ich irgendwie nicht normgemäß in ihrer Gebärmutter gelegen habe, konnte ich mit dieser Information zunächst nichts anfangen. Nun halt, da bin ich nicht die Einzige. Scheint fast zur Norm zu werden, saubere Sache, eine Operation eben, wie die Entfernung des Blinddarms.

Ohne Vorankündigung kam dann dieses Erweckungserlebnis bei mir. Nicht zu hinterfragen. Ein Ruf, der keinem Zweifel Platz lässt. Eine Unbedingtheit, schwer zu verstehen für Außenstehende, kaum zu erklären, das ist mir schon klar. Martin Luthers Vater, selbst Bergmann, sei hässig geworden. Aber nichtsdestotrotz meine Wahrheit.

Die Frau muss den Chef sehr überzeugt haben. Ich frage mich, mit welchen Argumenten. Ob sie betteln musste, vor ihm auf die Knie gehen? Ich will ihm ja nichts unterstellen, aber dass er kein Kostverächter ist, hat er mehrfach bewiesen. Ich denke an die letzte Fasnacht. Ich habe dazu ja nichts zu sagen. Ich bin bloß die ausführende Person und trage die Verantwortung dafür, dass die Dame heil durch den Tunnel kommt. Ich hoffe, sie leidet nicht an Klaustrophobie, flippt nicht plötzlich aus, dreht nicht durch und springt mir am Ende noch vor den Zug. Ich hoffe, sie erträgt die Monotonie des scheinbar endlosen Geradeausgehens. Es ist geradezu eine Gnade, dass der Ausgang in Airolo nicht von Anfang an sichtbar ist, denn die Strecke macht eine kleine Biegung.

Ist sie das dort drüben? Blickt auf die Uhr, schaut sich nervös um, als ob sie etwas suchte. Ja, ja, ich komme ja; es ist noch nicht sieben Uhr! Und angezogen ist sie nicht wie die modisch herausgeputzte Durchschnittstouristin. Eher Bergsteigerin. Flachbergsteigerin im Gotthardloch. Uneitel auf Leistung eingestellt. Auf Abenteuer. Schon mal positiv.

»Suchen Sie jemanden?«, fragt Geleisewärter Gisler.

Die Frau dreht sich ihm zu: »Sind Sie der Tunnelkontrolleur?«

»Aha, Sie wollen mit mir die 15 003 Meter durch den Gotthardtunnel marschieren.«

»Genau. Sollte in fünf, sechs Stunden zu machen sein, habe ich mir sagen lassen. Ich freue mich schon auf Airolo.«

»Da haben wir noch etwas Arbeit vor uns. Für mich kein Spaziergang; ich habe meinen Job zu erledigen. Das kommt zur reinen Marschzeit dazu.«

»Ich werde Sie nicht stören, seien Sie beruhigt.«

»Sie können mitarbeiten! Dann vergeht die Zeit schneller.«

Die beiden Menschen stellen sich vor, und man einigt sich umgehend aufs Du. Bergsteiger. Eine Tunneldurchquerung ist ein Abenteuer; wer's tut, tritt einer Schicksalsgemeinschaft bei. Einer zweiköpfigen. Propere Dame, denkt Engelbert Gisler. Ein Bild von einem Mann, denkt Veronika Bischof, der Dreitagebart steht ihm gut. Ihr kommen die idealisierten Gestalten des sozialistischen Realismus in den Sinn, die Helden der Arbeiterklasse in den Staaten des Ostblocks. Lang ist's her. Die beiden Menschen streben dem Magazin zu, wo der Mann die Frau einkleidet: Eine orange Jacke mit Leuchtstreifen wird übergeworfen, lieber zu groß als zu eng, dazu reflektierende Bänder auf die Schuhe und Hose geklebt. Geklettet. Roter Helm. Handlampe. Gisler klärt die Frau auf über die Aufgabe des Geleisewärters, speziell im Tunnel. Er prüft ihr Schuhwerk,

Wanderschuhe mit gutem Profil, das passt, verweist auf die Wichtigkeit des sicheren Tritts, denn es könne durchaus feucht sein im Loch, und einen Beinbruch als Folge eines Sturzes möchte er nicht riskieren. Zumal es leicht zu nieseln beginnt, was die Frau mit einem Blick gegen den Himmel registriert. Keine Angst, im Airolo scheine die Sonne, sagt Gisler und verweist auf den Kontakt mit dem Bahnhof drüben im Tessin, das Funkgerät, richtig. Steter Kontakt mit der Außenwelt. Und drin regne es mit Sicherheit nicht. Dann stapfen die beiden Menschen gemächlich dem Tunneleingang zu.

»Wenn ein Zug kommt, musst du dich in diese Nischen hineinbegeben«, sagt Engelbert Gisler gleich zu Beginn ihrer Tour. »Keine Panik; ich avisiere dich rechtzeitig.«

»Wie weißt du denn, ob ein Zug sich nähert?«

»Der Fahrplan.«

»Aha.«

»Aber dem ist nicht zu trauen. Und ich spüre, wie die Lokomotive die Luft vorantreibt. Alles Erfahrungssache. Ein feiner Wind, man könnte ein Taschentuch in die Luft halten und als Fahne wehen lassen, abgesehen vom Geräusch, das immer lauter wird, und von den Frontlichtern. Allerdings sind die modernen Züge um Welten leiser als die alten.«

Gisler hat eine Aufgabe: Er muss die Geleise von Unrat räumen, damit kein Unglück passiert. Papiere, Holzteile, Stiefel, manchmal auch Kleidungsstücke. Verpackungsmaterial von Güterzügen. Das größte Einzelstück, vor etwa zwanzig Jahren: eine Lastwagentür. Einmal habe er einen BH gefunden, der offenbar über die WC-Spülung auf das Bahntrassee gekommen sei, erzählt er seiner Begleiterin. Da beginne man dann halt schon zu studieren, wie so etwas passieren könne, und da möchten, gerade weil's abgesehen von den Wandlampen stockdunkel ist, die schönsten farbigen Bilder auftauchen, weiß der Herrgott woher. Und da müsse man aufpassen, dass man sich nicht verliere in Gedanken, denn die Züge führen schnell, über 100 Kilometer pro Stunde, fast so schnell wie die Gedanken um die Herkunft des Büstenhalters kreisten. Ja, manchmal müsse man sich zur Konzentration richtiggehend zwingen. Im eigenen Interesse. Träumer vertrage der Tunnel nicht.

»Und was machst du, wenn nicht gleich eine Nische in der Nähe ist?«

»Abliegen, sofort abliegen und damit dem Druck und dem Fahrtwind keine Chance bieten. Je weniger Angriffsfläche, desto besser.«

»Aha.«

»Aber möglichst hier am Rand. Es hat auch schon Tote gegeben. Der Stiefvater vom Indergand Sepp und sein Kollege von der Rotte. Man weiß heute noch nicht, wie's passiert ist. Da gibt's keine Zeugen. Das geht schnell. Wenn du die drei Lichter siehst, schwierig, die Distanz einzuschätzen. Und wenn der Lokführer hupen muss, weil er glaubt, etwas gesehen zu haben auf dem Trassee, wird's laut, das kann ich dir flüstern. Ich würd's nicht provozieren; das hältst du kaum aus.«

Auf Engelberts Frage hin, was sie dazu getrieben habe, eine solche Tunnelwanderung zu unternehmen, eine Wanderung ohne Aussicht, im Grunde öde und völlig uninteressant, zudem von einer Gleichförmigkeit, die ihresgleichen suche, versucht sich Veronika zu erklären. Sie fürchtet, nicht verstanden zu werden. Nicht einmal ihrer Mutter hatte sie den Grund genannt, irgendetwas vorgeschoben, eine Erfahrung wolle sie machen, eine Grenzerfahrung sozusagen, obwohl die Grenze, die sie überschreitet, bloß jene zwischen den Kantonen Uri und Tessin sei, physisch jedenfalls.

Als sie nebeneinander in einer Nische sitzen und Veronika bewusst wird, in welcher Situation sie sich befindet, völlig ausgeliefert einem wildfremden Menschen, und das noch nicht einmal in der Mitte des Tunnels, wie die Distanzangaben am Rand zeigen, fasst sie, was bleibt ihr anderes übrig, Vertrauen in Engelbert. Mag sein, dass sein Vorname dazu beiträgt, und sie erklärt sich.

»Ich weiß nicht, ob du das verstehen kannst, als Mann, meine ich.«

»Was soll das heißen?«

»Ja, du hast ja recht, auch du wurdest mal geboren.«

»Das hoffe ich schwer.«

»Genau das hoffe ich nicht: dass du eine schwere Geburt hattest. Oder eben doch: eine Geburt, die dir Arbeit abgefordert hat.«

»Was faselst du da?«

»Ich meine nur, Geborenwerden ist Arbeit.«

»Ich kann mich nicht erinnern.«

Wenig fehlt, und Veronika bricht ab. Sie faselt nicht, was meint der eigentlich? Sie versucht zu erklären. Und

Engelbert spürt, er muss sich zurückhalten, wenn er bei ihr etwas erreichen will, wenn sie erzählen soll. Denn neugierig ist er schon: Wer tut sich so etwas an? Natürlich: er. Gegen Lohn. Aber ihm passt es, allein unterwegs zu sein. Er genießt es, nicht speziell den Tunnel, aber die Streckenkontrolle. Der Tunnel ist vergleichsweise simples Terrain, weil er keine Kurven hat, die diesen Namen verdienen, keine Radien, die bewirken, dass die Geleise abgeschliffen werden oder die Abstände zwischen den beiden Geleisen sich verändern. Physik. Fliehkraft. Und was letztlich, wenn man sie nicht im Auge behielte, zu Entgleisungen führen kann. Aber auch im Tunnel gilt es, Schrauben zu kontrollieren, die sich durch die Vibration lösen können. Wenn sie Haarrisse im Metall entdecken, machten die Wärter Fotos. Zweimal pro Jahr kontrolliere dann ein Ultraschallzug den Zustand der Geleise.

»Willst du's jetzt wissen?«, fragt Veronika.

»Natürlich nimmt's mich wunder, was dich dazu führt, diese Strapazen auf dich zu nehmen.«

»Du darfst mich nicht auslachen.«

»Wieso sollte ich?«

Engelbert Gisler fischt mit seiner Zange eine leere Orangensaftpackung vom Bahntrassee, während Veronika Bischof ihm den Abfallsack hinhält. Er zwischen den Geleisen, sie auf dem erhöhten betonierten Gehweg daneben. Sie will nichts riskieren, schon gar nicht einen unnatürlich kurzen Schritt, wenn sie die Füße von Holzschwelle zu Holzschwelle setzen würde. Sechzig Zentimeter, Kinderschritt, denkt sie, für Erwachsene unmöglich. »Schikane«, sagt auch Engelbert. Und sie erzählt ihrem Begleiter, dass sie mit der Kaiserschnittgeburt, die ihr den Schritt ins Leben außerhalb des Mutterleibs zu einfach gemacht habe, gezeichnet sei für ihre ganze menschliche Existenz. Den ungläubigen Ausdruck auf Engelberts Gesicht nimmt sie nicht wahr, denn der blickt geradeaus, beziehungsweise auf den Boden, richtet den Strahl der Lampe dorthin, wo er Unrat erspähen möchte. Man kann auch leise lachen, tonlos gar, eine spöttische Miene aufsetzen, doch der Mann hält sich zurück. Er weiß: Wer etwas erzählen will, braucht keine Kommentare. Im Gegenteil: Man muss ihr Zeit lassen, damit Gedanken gerinnen zu Formulierungen, die er versteht. Engelbert ist ein versierter Zuhörer, dem die Stille nichts anhaben kann. Gelassenheit, sie wird schon reden. Nicht drängen, sonst erreichst du das Gegenteil: Sie verstummt.

Lange habe sie gebraucht, um es zu bemerken. Zahlreicher Beobachtungen habe es bedurft, um von den Ahnungen zu einem Wissen zu gelangen, eine Logik abzuleiten. Und Veronika erzählt von Kolleginnen und Kollegen in der Schule, wo sie unterrichtet, die sich mit einer Selbstverständlichkeit durchsetzten. Dabei denke sie nicht an die Schülerinnen und Schüler, sondern an die Elterngespräche und die Konferenzen, eine Eigenschaft, dieses Durchsetzungsvermögen, die ihr abgehe. Die primäre Prägung eben. Die anderen hatten sich ins Leben kämpfen müssen, mehr noch, sie hatten um ihr Leben kämpfen müssen, Widerstände überwinden, den Geburtskanal hinunter, bis sie erstmals das Licht der Welt (und nicht nur einen vagen rötlichen Schimmer durch die Bauchdecke der Mutter) erblicken konnten. Eine Arbeit, die sie jetzt, in diesem Moment, nachhole in der begründeten Hoffnung, sie mache sie stärker. Ob er ihr folgen könne?

»Ja, ja«, sagt Engelbert, mit eingeschränkter Überzeugung, denn die Worte verstand er wohl, allein, deren Inhalt hätte ihn den Kopf schütteln lassen, nähme er sich nicht zusammen. Wie er nun eine Aludose nimmt, ein Taschentuch und eine einzelne linke Birkenstock-Sandale, die allesamt in Veronikas Abfallsack verschwinden. Beinahe lässt der Mann sich vom unnatürlichen Solitär, der unweigerlich die Frage nach dem Verbleib seines rechten Partners nach sich zieht, wegtragen.

»Siehst du, da drückt das Wasser«, sagt Engelbert.

»Mir ist warm geworden«, sagt Veronika.

»Bis zur Mitte hin wird's immer wärmer. Habe ich dir das nicht gesagt? Zwiebelprinzip empfiehlt sich. Kannst froh sein, habe ich dir die XL-Jacke gegeben.«

»Ja. Danke.«

Die Fruchtblase, denkt Veronika, als sie an der Wand die Wasserspuren sieht, die Tropfen, kleine Rinnsale. Das sagt sie Engelbert nicht. Der Verputz am Gemäuer bröckelt. Was, wenn der Tunnel einstürzte? Ist nicht im Bündnerland unlängst ein Tunnel eingebrochen? Oder war's im Wallis? Ein Zug kündigt sich an; Engelbert springt auf den Gehweg. Routiniert elegant.

»Der Neun-Uhr-Zug«, sagt er.

In der Nische – alle hundert Meter gibt es eine davon – schauen sie zu, wie der Zug vorüberrast.

»125 Kilometer pro Stunde«, sagt der Mann.

Und Veronika denkt: Wenn man unter den Zug gehen möchte, lohnt es sich, *vor* ihn zu springen. Ein seitlicher Versuch, während der Zug vorüberrast, birgt Risiken: schwere Verletzungen, eine Wegspicken, wer weiß, an die Tunnelwand, nichts Tödliches, wenn du Pech hast, Schmerzen. Und sie fragt sich, ob der junge Mensch, wenn er durch den Geburtskanal drängt, wenn nicht Gedanken, so doch vielleicht vergleichbare Gefühle hat, Gefühle zwischen Leben und Tod. Schaff ich's? Bleibe ich stecken? Ihre Antwort: Ja, auch ein Säugling hat ein Gespür.

Göschenen wie Gebärmutter, Airolo wie Ausgang ins Leben. Veronika staunt nicht, als sie bei Kilometer sechs, also noch nicht in der Mitte des Gotthardtunnels, dieser Gedanke anspringt. Es ist heiß.

»Dreißig Grad«, sagt Engelbert, »im Hochsommer bis vierzig.« Im Winter sei's schon etwas kühler. In der Nische entledigen sich die beiden ihrer Pullover. Engelbert hilft Veronika, nachdem sie sich mit einer ungeschickten Bewegung die Hand an der Mauer aufgeschürft hat, als sie den Pulli ausziehen wollte. Eng ist es hier. Er hat sie berührt. Hat seine Hand eben ihre Brust gestreift?

Wenn sie nur keine Panikattacke kriegt. Platzangst. Keine Fluchtwege in Sicht. Sie erinnert sich an eine Katastrophe: Brand in einem Bergbahntunnel in Österreich. Warum kommen ihr solche Sachen in den Sinn? Und woher? Finden die Seelen der Tunnelbau-Toten keine Ruhe? Wohin fliehen? Nicht aufwärts; nie aufwärts. Das Feuer rast aufwärts wie in einem Kamin. Und sie hört die Menschen schreien, die die falsche Richtung gewählt haben. Kann man in solchen Situationen wählen? Die grünen Schilder mit dem Piktogramm eines rennenden Männchens weisen den kürzeren Weg hinaus. Wenn man die beiden Zahlen addiert, ist das Resultat immer dasselbe: 15 000 Meter.

»Was studierst du?«, fragt Engelbert.

»Nichts Besonderes«, lügt Veronika, als sie ihren Pullover in den Rucksack stopft und sich die Dienstjacke wieder überzieht.

»Im Sommer ist man froh um den Wind, der entsteht, wenn die Züge durchfahren.«

»Ja.«

»Im Hochsommer wär's einem nackt am wohlsten, aber das geht nicht auf der Strecke, mindestens die Jacke mit den Leuchtstreifen ist obligatorisch.«

Was redet der? Veronika Bischof ist nicht mehr ganz wohl. Das geht nicht auf der Strecke. Macht der sich am Ende Hoffnungen auf ein Abenteuer? Wie er mich angeschaut hat, als er den BH in den Abfallsack kippte. Ich muss auf der Hut sein.

Als Engelbert einen Zug aus dem Tessin ankündigt, suchen die beiden die nächste Nische auf. Der Streckenwärter erzählt, wie zu früheren Zeiten, als die Züge noch Fenster hatten, die man öffnen konnte, viel mehr Abfall zwischen und neben den Geleisen gelegen habe. Vor allem im Sommer, wenn die Deutschschweizer ins Tessin auf Schulreise gegangen sind. Esswaren auch, und das habe natürlich auch Tiere angezogen. Einmal seien sie einem Fuchs begegnet auf ihrem Kontrollgang, der Indergand Sepp und er. Weiß der Teufel, woher der gekommen sei, ob von der Urner oder von der Tessiner Seite her. Und wie lange er bereits im Tunnel gewesen sei. Auf jeden Fall sei er in Richtung Airolo davongesprungen, was freilich nichts beweise, denn wenn er von Göschenen her gekommen ist, hätte er sie kreuzen müssen. Und das habe das Tier nicht gewagt.

In welche Richtung würde sie fliehen, denkt Veronika, als er ihr einen Schluck Wasser anbietet. Wie steht es um ihre Fliehkraft? Nein danke, sie habe selbst noch zu trinken im Rucksack, und als ob sie etwas zu beweisen hätte, holt sie ihre Trinkflasche hervor und trinkt ein paar Schlucke, bevor sie sich wieder auf den Weg machen und Engelbert rasch mit Airolo telefoniert und den Ausfall einer Wandlampe bei Kilometer sechs meldet. Nebst der Mitteilung, dass alles in Ordnung sei.

»Hast du Hunger?«, will Engelbert Gisler wissen.

»Es geht. In Airolo dann, sicher«, sagt Veronika Bischof.

»In einer guten Viertelstunde haben wir die Hälfte; in unserer Stube machen wir eine Rast.«

»Wie es sich für eine Tageswanderung gehört.«

»Wie es sich für eine Tageswanderung unter Tag, also eigentlich eine Nackt-, äh Nachtwanderung gehört.«

»Hast du eben Stube gesagt?«

»Du wirst sie gleich sehen.«

Was Veronika Bischof zunächst ins Auge sticht, ist eine orange erleuchtete Einlassung in der Tunnelmauer auf der linken Seite. Vergittert, als ob es sich um einen Tresor handle. Sie tritt näher und erkennt mehrere Statuetten, versteckt hinter roten und gelben Plastiktulpen. Jesus am Kreuz in der Mitte, flankiert von zwei Frauenfiguren mit einem Kind auf den Armen. Madonnen? Ein Andenken an die heilige Barbara, sagt Gisler. Barbara? Der Streckenwärter liest Veronikas Ratlosigkeit: Die heilige Barbara sei die Schutzpatronin der Mineure, und auch er, Engelbert, denke bei jedem Gang durch den Tunnel an die toten Arbeiter und sei dankbar für sein Leben. Übrigens: Am 4. Dezember, dem Tag der heiligen Barbara, arbeiteten die Mineure nicht. Schutzpatronin der Bergleute. Er habe es zwar nicht so mit der Kirche, sagt Gisler, doch auf die heilige Barbara lasse er nichts kommen. Trotz der vielen Opfer, die der Tunnelbau gefordert hat, denkt Veronika. Sie schweigt.

Die Stube erweist sich als schmuddeliges Räumchen, immerhin mit Licht. Ein Tisch mit schmutzig gelber Resopalplatte, zusammenklappbar. Beidseits daneben je eine Bank, die eine mit einer Decke gepolstert. Florale Musterung oder verdreckte Militärwolldecke? Feuchtschimmlig alles. Der Pilz in den Mauerecken. Kunststück, so tief in der Erde drin. Wie viele tausend Meter? Und sie darf sich das Gewicht des Gesteins über ihnen nicht vorstellen. In einer Ecke Mäusekot?

»Hat es hier Ratten?«, fragt Veronika, und ihre Stimme verrät: Hier möchte ich mich nicht niederlassen.

»Die meisten glauben, es hätte Ratten im Tunnel, aber es sind Mäuse«, sagt Engelbert. »Vermutlich eine

Sorte, von der die Biologen noch nichts wissen, die Tunnelmaus, über Generationen erblindet. Die gemeine Tunnelmaus.«

»Wie kann man das so genau wissen?«

»Weil ich sie gesehen habe. Und weil sie immer schön aufräumen, wenn wir irgendwelche Überreste, Käserinde, Brotsamen, Salamihaut hinterlassen.«

»Und das da?«

»Die hat wohl ein Kollege liegenlassen.«

Veronika steht noch immer. Sie hat einen Stapel Illustrierter gesehen auf dem Tisch, *Playboy*, *Praline*, Männermagazine, und sie verspürt keinen Drang, sich zu setzen. Derweil sitzt Engelbert, macht ungeniert auf gemütlich und klaubt aus seinem Rucksack einen Mocken Käse und ein halbes Pfund Ruchbrot, macht sich mit dem Taschenmesser, Swiss Army Knife, an den Lebensmitteln zu schaffen.

»Nobler können wir's leider nicht bieten«, sagt Gisler, während Bischof beinahe übel wird angesichts der Flecken und des Miefs überall.

»Ich habe keinen Appetit«, sagt sie, und sie denkt: Da wird ja das Brot beim Essen schimmlig.

»Komm, zier dich nicht«, sagt der Mann, holt einen Flachmann aus seiner Busentasche, dabei hatte er vor dem Einstieg noch von einem absoluten Alkoholverbot bei Dienst gesprochen. Erst in Airolo genehmigten sie sich jeweils ein Bierchen, bevor sie mit dem Zug zurück nach Erstfeld fahren.

Engelbert setzt das Fläschchen an und beginnt ein Lied zu singen, das Veronika kennt. Es weckt nicht nur gute Erinnerungen. Alte Geschichten tauchen auf, Männergeschichten, Fasnacht und Dorffeste, Bierfestorgien mit Schlagermusik. »Veronika, der Lenz ist da«, lallt der Mann mehr, als er singt, und als sie seinen Blick trifft zu den Worten »Veronika, der Spargel wächst«, seinen – vielleicht beeinflusst die erinnernde Erwartung ihre Wahrnehmung – geifernden Blick, da möchte sie nur eins: davonrennen.

»Komm, setz dich zu mir«, sagt der Mann und schiebt den Tisch beiseite, dass er beinahe hinfällt. »Ich tu dir nichts. Komm, setz dich auf mich. Wir wollen's doch gemütlich haben.«

Veronika erstarrt.

»Der Geburtskanal ist auch von Airolo her begehbar«, Engelbert muss lachen ob seinem Kalauer, und er packt Veronika bei den Haaren, reißt ihren Kopf in Richtung seines Schoßes.

Hätte der Mann gewusst, dass Veronika Bischof an ihrer Schule nicht nur Sport, sondern auch Selbstverteidigung für Mädchen unterrichtet, er hätte seine Avancen bleiben lassen. Sie rammt ihren Kopf mit Anlauf ins Gemächt des Mannes, was jenen aufschreien, ja aufjaulen und zum Taschenmesser greifen lässt. Veronika fällt ihm in den Arm, schlägt ihr rechtes Knie auf seine Gurgel. George Floyd. Das geht so schnell, Sekundenbruchteile. Das Überraschungsmoment entscheidet.

Mag sein, dass Engelbert Gisler in diesem Augenblick sagen will, es sei alles bloß ein Scherz gewesen, einen Spaß habe er sich erlaubt, sie solle das doch nicht so ernst nehmen. Mag sein, dass er ihr angeboten hätte, sie auf seinen Armen aus dem Tunnel zu tragen, wenn sie ihn nur loslasse. Dumm nur, dass Veronika nichts versteht, und als sie nun seinen Arm, noch immer unter Spannung, loslässt, rammt der Streckenwärter sich sein eigenes Messer mit voller Wucht ins Herz, denn die Frau hatte nicht nur seinen Arm losgelassen, nein, sie machte einen Schritt zurück und sieht nun einen immer leisere Schreiversuche unternehmenden, zusehends röchelnden Mann vor sich, dessen Lebensgeister langsam ausgehen, ersterben. Was Veronika Bischof an den Augen festmacht: Das Entsetzen ist erschlafft. Wie der ganze Gisler. Strammheit ade.

Ermattet setzt sich Veronika auf die zweite Bank. Was soll sie tun? Sie kann ja nicht einmal das Funkgerät bedienen, das Engelbert in die Ecke gestellt hat. Dass der Mann sich selbst erstochen hat, würde ihr niemand abnehmen, nicht einmal ihr Rechtsvertreter. Sie alle unterschätzen die Kraft des Loslassens, wenn es unerwartet eintritt. Was hat Engelbert erzählt? Der Tod zweier Streckenwärter vor bald fünfzig Jahren sei nie geklärt worden. Unfall wird vermutet. Oder doch ein Vieraugendelikt mit doppelt tragischem Ausgang? Sie haben das Geheimnis ihres Hinschieds mit in den Tod genommen. Todesanzeigenspruch.

Plötzlich ist Veronika hellwach. Schnell muss sie handeln, schnell, solange das Blut sich innerlich ausbreitet und nicht in größeren Mengen an die Oberfläche dringt. Was kann der Lokomotivführer sehen? Wie groß ist seine Aufmerksamkeit? Hat er sich vielleicht die Kehrtunnels hoch überanstrengt und entspannt sich auf den fünfzehn Kilometern zwischen Göschenen und Airolo, wo es keine Kuh zu erschrecken und kein Reh zu warnen gibt, wo eine Maus auf dem Geleise erstens kaum sichtbar ist und zweitens kein Hindernis darstellt?

Keine Schleifspuren hinterlassen. Gisler zu tragen, wohl an die achtzig Kilogramm, das schafft Veronika nicht. Sie legt den Mann auf die Decke und zieht jene, mit der Leiche darauf, aus der Stube zu den Geleisen. Die Arme über dem Körper gefaltet. Die Decke hat schon viel gesehen, denkt sie. Dann platziert sie den Mann auf ein Geleis, Beine und Arme leicht abgespreizt, damit der Rumpf nicht vom Eisen in den Zwischenraum oder auf die Seite fällt. Sieht aus wie ein Futtersack, denkt sie. Oder eine Vogelscheuche. Und lobt sich dafür, dass sie die Jacke mit den Reflektoren schön in der Stube hat hängenlassen. Die Decke legt sie zurück auf die Bank. Vielleicht nicht das Übelste, das sie gesehen hat, sagt sie sich, will sich beruhigen. Nicht beruhigen lässt sich das Funkgerät. Veronika weiß nicht, wie es zu bedienen ist, doch sie spürt: Man wird, sollte Gisler keine Antwort geben, daraus schließen, dass etwas nicht stimmt. Und einen Suchtrupp losschicken.

Veronika packt ihre Sachen, überlässt Engelberts Käse den Mäusen und macht sich auf den Weg. Die Banane isst sie im Gehen, was sie auf eine Idee bringt. Unweit der letzten Kilometerangabe, also längst auf Tessiner

Boden, treffen zwei Tessiner Bahnangestellte auf die Frau. Die erzählt ihnen, Gisler sei beim Mittagshalt pinkeln gegangen und vermutlich, sie wisse es nicht, denn sie sei drinnen geblieben, irgendwie ausgerutscht. Auf jeden Fall sei er nicht zurückgekommen, und als sie schauen gegangen sei, habe sie Sachen gesehen, die sie lieber nicht gesehen hätte. Ja, übergeben habe sie sich müssen, das würden sie sehen, wenn sie weiter gingen, und sie sei dann stracks Richtung Ausgang, also Airolo, weitermarschiert.

Engelbert Gislers Chef erhält einen gewaltigen Rüffel. Keine Sondergenehmigungen mehr für Tunneldurchquerungen, und obwohl dank reduzierter Frequenz, was den Bahnverkehr angeht, viel weniger Müll auf und zwischen den Geleisen liegt als vor der Eröffnung des Basistunnels, ergeht die Vorschrift, den Kontrollgang in jedem Fall zu zweit durchzuführen. Kostenbewusstsein hin oder her.

Die Angehörigen Gislers lassen den Unfall nicht gelten. Wer seit zwanzig Jahren zur vollsten Zufriedenheit seinen Dienst versehe, wisse, was er tue. Sie verlangen weitergehende Untersuchungen; eine Bananenschale als Ursache für den Sturz ihres Engelbert, dies eine Hypothese, eine Bananenschale, die neben dem näheren Geleise gefunden wurde und sowohl Spuren, das heißt Fingerabdrücke, von Frau Bischof aufwiesen, als auch einen Profilabdruck von Gislers Arbeitsschuh, überzeugen die Familie nicht.

Die Staatsanwaltschaft des Kantons Tessin – die

Leichenteile sind in ihrer Mehrzahl auf Tessiner Boden zu finden gewesen – übernimmt den Fall. Die Spurensicherer stellen auf der Decke in der Stube sowohl Fasern von Engelberts wie von Veronikas Kleidern fest. Was höchstens beweist, dass beide darauf gesessen haben. Fertig. Veronikas Rechtsvertreter – die Klientin hat ihm ihre Wahrheit gesagt – rät dringend davon ab, die Notwehrtheorie aufzutischen. Abgesehen von der Unwahrscheinlichkeit – Theorie eben – würde eine solche neue Fassung des Geschehens, erst im Nachhinein geäußert, das ist sein Hauptpunkt, die Glaubwürdigkeit Veronikas unrettbar beschädigen. Zumal aus den Körperteilen des Wärters die wahre Todesursache unmöglich zu rekonstruieren ist. Rotes Swiss Army Knife auf dem Bahntrassee, etwas verbogen, hin oder her. Ein Stich ins Herz ist in Engelbert Gislers fragmentiertem Zustand unmöglich nachzuweisen. Eine Rekonstruktion chancenlos. Vieraugenereignis. Abgesehen von halbblinden, vielleicht blinden Mäuseaugen. Der Staatsanwalt hat zu wenig Belastbares in der Hand, um eine Anklage mit Aussicht auf Erfolg zu formulieren. Im Zweifel für die Angeklagte. Das Verfahren wird mangels Beweisen eingestellt.

Das Ende ihrer Tour durch den Gotthard kommt Veronika Bischof vor wie der letzte Teil einer Geburt mit Tessiner Hilfe aus Airolo: der Suchtrupp als Saugglocke gewissermaßen. Wehen haben nicht nur Mütter. Nicht dass sie Engelbert den Tod gönnte. Sich, und das ist gewiss, gönnt sie ein Bewusstsein von Zufriedenheit mit sich selbst, hat sie es doch geschafft: Sie hat sich durchgesetzt. Durchgearbeitet. Durchgekämpft. Durchgewürgt. Den Durchstich geschafft? Es kommt bei Zwillingen zuweilen vor, denn sie flutschen oder drängeln ja nicht nebeneinander, sondern hintereinander, dass der zweite, häufig ein Knäbchen, Vertreter des vermeintlich starken Geschlechts, den Weg in die Tessiner Sonne nicht schafft.

Andrea Fazioli

Nachhilfestunden
(Lugano-Paradiso)

1. Warten

Manchmal macht die kleine Gemeinde Paradiso, südlich von Lugano, ihrem Namen alle Ehre. Glitzerndes Sonnenlicht über dem See, dazu eine sanfte Herbstbrise, klarer Himmel. In dieser Szenerie, bei offenem Fenster, begann Contini seinen Arbeitstag.

Elia Contini. Detektiv. Oder Privatermittler, was weniger nach Hollywood klingt. Auf jeden Fall ein durch Kino und Romanautoren berühmter Beruf. Vielleicht hatte Contini sich vom romantisierten Zauber der Filme verleiten lassen, vielleicht war er einer inneren Berufung gefolgt, Tatsache war jedenfalls, dass er sich im Süden der Schweiz mit Fällen von meist ins Nachbardorf geflüchteten Jugendlichen, von entlaufenen Haustieren, kleinen Diebstählen unter Nachbarn und von ihren Schülern gepiesackten Lehrerinnen mittleren Alters abgab.

»Sind Sie sicher, dass ich Ihnen helfen kann?«, fragte er Elena Bianchi.

»Ich weiß nicht, an wen ich mich sonst wenden soll«, seufzte sie.

Dunkles, volles Lockenhaar, Brille mit rosa Gestell (ein Anflug von Irrsinn, dachte Contini), leichter, farblich zur Brille passender Kaschmirpullover, grauer knielanger Rock, rosa Strümpfe, braune Schuhe mit eckiger Spitze. Eine Mischung aus Weiblichkeit und mathematischer Strenge. Elena Bianchi wohnte in Varese und unterrichtete an einer Mittelschule in Mendrisio. Schon seit Wochen fand sie ihren Wagen nach Schulschluss verunstaltet vor: Teils waren Beleidigungen darauf gesprayt, und einmal sogar die Reifen zerstochen gewesen.

»Die Schulleitung hat nichts unternommen?«

»Doch, doch …« In den beiden Silben schwang Machtlosigkeit mit. Die Lehrerin sah ihn hinter ihren Brillengläsern mit großen, weit geöffneten Augen an. »Die können ja nicht den ganzen Tag den Parkplatz bewachen.«

Contini konnte das dagegen schon. Und er tat es.

In einer Ecke des großen Parkplatzes beobachtete er am Morgen aus seinem Auto das Eintreffen der ersten verschlafenen Lehrer, sah anschließend Horden von Schülern vorbeischwärmen, hörte während der Mittagspause deren Rufe und wartete am Abend, bis der Platz sich leerte. Elena Bianchi war eine der Letzten, die davonfuhren, wenn es bereits dunkel war.

Tagelang geschah nichts.

Der Detektiv, des Wartens müde und zermürbt durch das Geschrei, zuckte inzwischen beim bloßen Anblick einer jugendlichen Gestalt zusammen. Abends sprach er darüber mit Francesca, die an einem Gymnasium Italienisch unterrichtete.

»Wie schaffst du das bloß«, sagte er zu ihr. »Mich strengt es schon an, sie nur zu beobachten.«

Sie beugte sich vor, um ihn auf die Schläfe zu küssen.

»Armer Contini …«

Sie saßen in Windjacken unterm Verandadach. In Corvesco hatten Herbstabende nichts Mediterranes. Sie lächelte.

»Ich wette, dass alle Kids von dir wissen.«

»Die Schulleitung hat meine Anwesenheit nicht bekannt gegeben.«

»Es ist eine Schule, Contini. So was weiß jeder.«

Detektiv zu sein ist eine langsame Tätigkeit. Filme bringen das nicht zum Ausdruck, weil es schnell gehen muss und keine Zeit ist, uns den Sonnenstreifen zu zeigen, der über den Parkplatz wandert, die Spinne, die in der Ecke unterm Vordach haust, den kleinen Jungen, der den Weg hin- und herläuft, ohne ein einziges Mal die Ritzen zwischen den Pflastersteinen zu berühren. Contini verschmolz mit der Umgebung. Er lernte, die Veränderungen des Lichts zu erkennen, die Schritte der Lehrer, das Husten des Rentners, der jeden Morgen auf der Bank in der Sonne die erste und die letzte Seite der Zeitung las.

Langweilte er sich? Er war kontemplativer Natur: Vielleicht hatte ihn ja gerade das zur Wahl dieses Berufes gebracht. Er war es gewohnt zu warten, kaum merkliche Bewegungen zu erfassen. Doch die Schule, mit ihren unerbittlichen Rhythmen dieser überbordenden Jugend, versetzte ihn in eine ihm unbekannte Unruhe. Ihm kamen die bittersüßen Septembertage in Erinnerung, die Gesichter seiner Kameraden, die Wärme des Ofens während der Wintermorgen. Abgeschottet in seinem Auto war er nicht sicher, ob er all der verlorenen Zeit etwas entgegensetzen konnte.

So fasste er den Entschluss, mit der Überwachung einen Tag zu pausieren. Doch prompt hatte die Lehrerin wieder zerstochene Reifen. Ihr Automechaniker in Varese, den sie nach dem ersten Akt von Vandalismus aufgeregt per Telefon verständigt hatte, hatte ihr eine Werkstatt vor Ort empfohlen, wohin Contini sie nun begleiten wollte. Elena Bianchi kannte den Auszubildenden, der sich um das Auswechseln der Pneus kümmerte.

»Er heißt Riccardo. Er war mein Schüler ... Wie viele Jahre ist das her?«

»Ziemlich viele!« Er war ein ansehnlicher blonder junger Mann mit rötlichen Flecken auf den Wangen. »Ohne Sie hätte ich nicht einmal den Mittelschulabschluss geschafft.«

»Übertreib mal nicht ...«

»Immerfort diese Gleichungen. Zum Kopfzerbrechen!«

Sie hatte ihm seinerzeit ein paar Nachhilfestunden gegeben. Signor Rovelli, der Inhaber der Autowerkstatt, war zufrieden mit Riccardo. Offenbar hatte der inzwischen sogar das Rechnen gelernt.

»Ich selbst bin es, der nicht mehr ganz mitkommt«, warf Rovelli ein. Er war ein untersetzter Mann um die fünfzig, mit schwarz behaarten Armen und zwei lebhaften Augen.

»Aber sagen Sie, Signora Bianchi, haben Sie gar nicht mit der Polizei gesprochen?«

Man habe ein paar Polizisten vorbeigeschickt, erklärte sie. Aber die könnten ja nicht dauerhaft einen Mann auf dem Parkplatz lassen.

»Nein, natürlich nicht«, murmelte Riccardo, während er einen Reifen in Richtung Wagen rollte. »Die haben viel zu viel mit dem Verteilen von Strafzetteln zu tun …«

Die Autowerkstatt lag am Ortsrand von Mendrisio an einer tagsüber fast dauerhaft stark befahrenen Straße. Contini und die Lehrerin liefen zu einer kleinen Bar neben einer Tankstelle. Er lud sie zu einem Kaffee ein und drückte ihr sein Bedauern aus.

»Bisher habe ich noch nichts rausbekommen …«

»Das macht nichts.« Sie lächelte. »Ich kann mir denken, dass es nicht so einfach ist.«

Sie entsprach ganz dem Bild der zarten Frau: ihr Blick, die nervösen Gesten, der leicht gebeugte Rücken. Trotz allem strahlte sie auch eine merkwürdige, zuversichtliche Ruhe aus. Contini dachte an Riccardo, an seine Furcht angesichts der Unwägbarkeiten der Mathematik. Er stellte sich Elena Bianchis straffes Nachhilfeprogramm vor, ihre Gewissheit, dass Riccardo begreifen würde, bis es schließlich genau so gekommen war. Selbst Contini hatte an diesem ein wenig schmuddeligen Plastiktischchen in der von Pendlern bevölkerten Bar das Gefühl, etwas von ihr zu erwarten, eine Hilfe zum Verständnis, um den Dingen einen Sinn zu geben.

Stattdessen war er es, der ihr helfen musste.

»Vielleicht habe ich eine Idee«, sagte er zu ihr. »Aber es dauert ein paar Tage.«

Noch am selben Abend rief er einen Kollegen der Firma Maltese Investigazioni an, einen »echten« Detektiv, der Wirtschaftsspionage betrieb und für mehrere Strafverteidiger tätig war. Auf seinen Rat hin beschaffte er sich eine Überwachungsanlage mit Mini-Videokamera.

Reichweite: zehn Meter. 650TVL-Auflösung, OSD-Menü und 3,7er Objektiv. Contini tat so, als kenne er sich aus, kaufte drei Stück für zweihundert Franken und installierte sie so, dass man sie nicht sofort entdeckte: eine auf der Mauer, eine in einer Buche ganz in der Nähe und eine, gemeinsam mit Rovelli, an der Stoßstange von Elena Bianchis Wagen.

Am ersten Tag, nichts. Am zweiten Tag dasselbe. Nachts kontrollierte Contini die Kameras. Diesmal hatte selbst die Schulleitung keine Ahnung davon. Am Abend des dritten Tages fand die Lehrerin ihren Wagen mit Schmierereien übersät: Beleidigungen und Anzüglichkeiten. Und die Videokameras? Verschwunden. Alle drei.

2. Trübsal

Francesca war ratlos.

»Wie schaffen die das nur am helllichten Tag?«

Contini zuckte die Schultern. »Der Parkplatz ist groß ...«

»Ja schon, aber ...«

»Sie hat versucht, den Wagen an möglichst gut einsehbarer Stelle zu parken. Aber die passen genau den Moment ab, in dem keiner vorbeikommt.«

Sie waren in Corvesco, im Grotto Pepito: ein freier Platz zwischen Bäumen, vor einer Felswand. Ende Oktober konnte man am Spätnachmittag noch im Freien etwas trinken. Contini saß vor einem Bier, Francesca vor einer Panaché, aus zwei Dritteln Bier und einem Drittel Zitronenlimo.

»Bist du wütend?«

Contini schüttelte den Kopf. »Nein ...«

Lediglich der Verlust der Videokameras nervte ihn etwas, aber nicht allzu sehr: Ein paar Schulden hin oder her – er hatte gelernt, sich nicht über Geldfragen zu ärgern. Doch um diese Jahreszeit wurde er jedes Mal für einige Tage von Trübsal ergriffen. Dann wachte er zeitig am Morgen auf und Gedanken überfielen ihn, die er längst in der Vergangenheit begraben geglaubt hatte: verblasste Gesichter, verlorene Stimmen, die aus der Ferne nach ihm zu rufen schienen. Meist maß er dieser Unruhe nicht allzu viel bei, sondern führte sie auf die kürzer werdenden Tage zurück. Wie stets ging er mit Routine dagegen vor: Spaziergänge im Wald, ein paar alte Schwarz-Weiß-Filme, gemeinsam mit Giocondo eine Flasche heimischen Weins in der Gaststube des Grotto, die wie die Höhle eines zum Winterschlaf gerüsteten Bären wirkte.

»Und wenn es der Automechaniker war?«, entfuhr es Francesca. »Er wusste von den Videokameras, und außerdem verdient er daran, oder?«

Contini schaute sie mit traurigen Augen an.

»Das ergibt keinen Sinn«, räumte sie rasch ein. »Ein Mann, der ein Auto beschmiert, um es anschließend wieder zu reinigen ... Außerdem ist er Chef einer Autowerkstatt.«

»Jedenfalls verdient er daran nichts«, bemerkte Contini. »Wenn die Reifen zerstochen sind schon, aber für alles andere bringt Frau Bianchi ihren Wagen nach Varese, wo sie weniger zahlt.«

»Ach, übrigens, was waren das eigentlich für Schmierereien?«

»Anzügliches Zeug. Beschimpfung von Grenzgängern: ›Bleib in deinem Land, wir wollen dich nicht.‹ Nichts Besonderes.«

»Und wenn es eine politische Aktion ist?«

Wieder schaute Contini sie an, mit noch traurigeren Augen. Aber auch er hatte keine sinnvollere Vermutung.

Einige Tage lang befasste er sich mit dem Fall eines Mannes, der seine Sekretärin beschatten lassen wollte. Er hege die Absicht, um sie zu werben, erklärte er, aber zuvor wolle er sich vergewissern, ob sie frei und verfügbar sei. Contini wagte zu fragen, weshalb er sich nicht direkt bei ihr erkundigen wolle.

»Das wäre peinlich«, sagte der Mann, der elegant und sonnengebräunt war und zu jener Sorte von Managern zu gehören schien, die vor nichts zurückschreckte.

»Vielleicht eine beiläufige Frage, ohne die Karten aufzudecken.«

»Ich möchte lieber nichts riskieren. Aber sagen Sie, wollen Sie den Job machen oder nicht?«

Contini hatte gelernt, nicht zu insistieren. »Schon gut. In ein paar Tagen werde ich Ihnen berichten.«

Letztlich dachten sich die Leute ständig neue Arten des Umwerbens aus, und es gab Schlimmeres, als einen Detektiv auf die Spuren der Geliebten loszulassen. Contini spielte die Rolle des Amor gekonnt und bereitete den Weg für eine Beziehung, in der die Sekretärin als eine von ihrem Balkon aus in die Nacht spähende Julia auf einen als gebräunter Manager verkleideten Romeo wartete. Um dem Ganzen den letzten Schliff zu geben, empfahl er seinem Klienten ein Restaurant mit Seeblick in Paradiso, wohin er sie zum Essen ausführen konnte.

Dann kehrte Contini zur Schule zurück.

Er bat um ein Gespräch mit dem Direktor und fragte ihn, was er gegen die Welle des Vandalismus zu tun gedenke. Der große Chef der Pennäler war ein kleiner Mann mit spitzem Gesicht, dünnem Haar und dichtem Bart, der ihm einen Anstrich von Weisheit verlieh. Während er sich über den Bart streichelte, sagte er: »›Welle‹. Ein großes Wort. Und erst einmal ›Vandalismus‹.«

»Ja, das ist sogar noch länger«, bemerkte Contini, der allmählich nervös wurde.

»Ich glaube nicht, dass es einer unserer Schüler war: Die wären dazu nicht in der Lage. Hier ist persönliche Erbitterung im Spiel. An Ihrer Stelle würde ich dahin gehend ermitteln.«

»Das heißt?«

»Sie sind der Detektiv, aber ...« Erneutes Bartzupfen. »Aber ich würde mich fragen: Hat Frau Bianchi vielleicht Feinde?«

In seiner Verzweiflung gab Contini die Frage an sie weiter. Sie saß an einem Tisch in der Mensa und ihr blieb vor Staunen der Mund offen.

»Feinde? Was meinen Sie mit Feinden?«

Contini betrachtete sie. Fünfzig mit Anmut hinter sich gebrachte Jahre, glatte Wangen, dezente Schminke, pastellfarbener Rock und Pulli, schlanke Hände, die eine Tasse Tee umschlossen hielten.

»Haben Sie Informationen über mich eingeholt?«, fragte sie.

Contini nickte.

»Und sind Sie auf Feinde gestoßen?«

Jeden Morgen fuhr Elena Bianchi in Varese los und stürzte sich bis Mendrisio in den Verkehr. An freien Tagen besuchte sie die eine oder andere Ausstellung, schaute den einen oder anderen Film mit einer Freundin an. Zwei, drei längere unbefriedigende Beziehungen in der Vergangenheit, mit ziemlich langweiligen, ziemlich trägen Männern. Das war nicht die Art von Leben, in dem Feinde in Betracht kamen.

Weshalb also diese Wut? Weshalb an einem Tag zerstochene Reifen, ein andermal Beleidigungen? Wie konnte dieses rosa Brillengestell Anlass zu ›HAU AB‹, zu obszönen Zeichnungen und ›GEH ZURÜCK IN DEIN LAND‹ geben?

Contini blieb nichts als eine winzige Ahnung. ›Geh zurück in dein Land‹, wiederholte er … warum nicht? In den folgenden Tagen kümmerte er sich um seine eigenen Angelegenheiten. Vormittags war er im Büro, und sofern keine Klienten da waren, ging er nachmittags spazieren. Am Abend verschwand er mit dem Fotoapparat in die Wälder. Er hatte sich einen neuen angeschafft, der sich für Nachtaufnahmen eignete. Es gelang ihm, einen jungen Fuchs, der ihm bisher immer entkommen war, zu verewigen, indem er ihm am Hinterausgang seines Baus auflauerte. Zur Feier schleppte Francesca ihn zu einem Abendessen mit Freunden in ein Restaurant und zu einem klassischen Konzert.

Die Tage wurden kürzer, die Trübsal vager.

Contini nahm einen Überwachungsauftrag in einem Geschäft an, in dem es zu einer Serie kleinerer Diebstähle gekommen war: Seine Anwesenheit genügte, um sie zu beenden. Dann half er einer Frau, die sich vergewissern wollte, ob ihr Sohn, wenn er ankündigte, zum Lernen in die Bibliothek zu gehen, tatsächlich dort war, wo er vorgab zu sein. Contini bestätigte ihr die Anwesenheit des Jungen in der Bibliothek. Was das Lernen betraf, so hatte er zwar ständig ein Buch vor sich, aber sein Blick verlor sich hinter dem Fenster in den Spezialeffekten des Herbstes.

In der folgenden Woche hatte Elena Bianchi erneut zerstochene Reifen. Genau darauf hatte Contini gewartet, um zum Zuge zu kommen. Er lieh der Lehrerin seinen Wagen, damit sie nach Hause fahren konnte, und folgte dem Abschleppwagen bis zur Werkstatt von Signor Rovelli.

Bei seiner Ankunft war kaum noch jemand da. Die Stoßzeit war vorbei, in dem großen Raum brannten nur noch wenige Lichter. Der Feierabend stand vor der Tür. Rovelli war bereits gegangen und der junge Riccardo kümmerte sich um die Montage der Reifen. Contini blieb stehen, um ihm zuzuschauen, aber der Auszubildende erklärte, dass er nicht gerne arbeite, wenn ihn jemand dabei beobachtete.

»Tut mir leid, aber ich fühl mich wie bei einer Prüfung ...«

»Kein Problem«, erwiderte Contini, »ich warte draußen.«

Wenn es Abend wurde, legte Mendrisio das Gewand der Großstadtperipherie ab und wurde wieder zum Dorf. Die Straßen waren praktisch leer, der Wind trug Gerüche von Hügeln und Weinbergen herüber. Contini rauchte eine seiner drei täglichen Zigaretten und beob achtete dabei die Lichter eines Einkaufszentrums, die der Reihe nach angingen. Dann trat er wieder hinein, um zu schauen, wie die Arbeit vorankam.

Riccardo war gut gelaunt. Er wusch sich die Hände und fragte Contini, ob er der Ehemann von Signora Bianchi sei. Contini lächelte und erklärte, er sei nur ein Freund, der ihr mit dem Auto helfe. Ricardo kam noch einmal auf die Nachhilfestunden bei der Lehrerin und auf ihre Geduld zu sprechen.

Der Lehrling war froh, einen Arbeitstag hinter sich zu haben. Contini war freundlich und gelassen wie stets. Es schien, als solle das Gespräch friedlich eines natürlichen Todes sterben, mit ein paar Sätzen über das Wetter und den Tessiner Fußball. Doch just in diesem Augenblick ging Contini zum Angriff über. Eine Frage genügte. Eine einzige Frage, und alles war klar.

Der Mechaniker antwortete nicht. Aber er wandte sich um, mit finsterem Gesicht. In den Händen hielt er eine dicke Metallstange.

3. Timing

Er war noch ein junger Kerl. Contini dachte daran, dass er bei Elena Bianchi Nachhilfestunden bekommen hatte: Er sah ihn vor sich, nicht ganz so muskulös, wie er am Küchentisch saß und auf einem Bleistift kaute, während er über Gleichungen zweiten Grades grübelte. Oder dritten Grades? Gab es überhaupt so etwas wie Gleichungen dritten Grades?

Der Lehrplan der letzten Mittelschulklasse war weit weg.

Sowohl für Contini als auch für den Jungen, der mit der Metallstange näher kam.

»Wer hat dir das gesagt?«

Contini trat einen Schritt zurück. »Was gesagt?«

Der Junge befahl ihm, stehen zu bleiben.

»Hör zu, Riccardo, ich mache nur meine Arbeit. Es war deine Freundin, die Lehrerin Frau Bianchi, die mir gesagt hat, ich solle in die Reifen schauen.«

»Sie ist nicht meine Freundin!« Obwohl der Satz mit einem Knurren hervorgestoßen wurde, klang er wie ein kindliches Eingeständnis.

»Normalerweise bringt sie den Wagen nach Varese«, fuhr Contini fort. »Mal zu euch, das nächste Mal über die Grenze ... Aber du kennst ihn bestimmt, den Mechaniker in Varese.«

Er redete weiter, um Zeit zu gewinnen. Er schob die Hand in die Tasche, fasste nach dem Handy und schaffte es, mit ein paar raschen Fingerbewegungen einen Anruf zu starten. Riccardo, die Metallstange in den Händen, kam immer näher.

»Ihr brauchtet eine Grenzgängerin, die täglich die Grenze passiert. ›Geh zurück in dein Land‹, stimmt's? Wahrscheinlich hat der Typ aus Varese ihr geraten, sich an euch zu wenden. Oder umgekehrt? Wie oft habt ihr das gemacht? Mit wie vielen Leuten habt ihr es versucht, bis ihr ...«

»Es reicht!«

Riccardo hob die Stange, holte zum Schlag aus. Contini sagte: »Übrigens, ich habe die Polizei verständigt.«

Der Junge war außer sich. Wenn es nur ein Bluff gewesen wäre, hätte es nicht funktioniert. Aber Contini war ein kluger Mann: Er hatte tatsächlich die Spezialisten in Kenntnis gesetzt und ihnen konkrete Hinweise geliefert. Er hatte die Sache so lang wie nötig hinausgezögert und derweil die Polizisten mit dem Handy angerufen. Wie zuvor abgesprochen, bedeutete der Anruf die Aufforderung zum sofortigen Einschreiten. Wenn allerdings viel Verkehr sein würde … wohl kaum um die Uhrzeit. Aber wenn sie …

Mit einem Schlag sprangen die Türen auf. Während Contini mit einem kaum unterdrückten Seufzer der Erleichterung zurückwich, füllte sich die Werkstatt mit Polizisten. Der Eingriff war so grandios getimt wie in einer Westernszene, wenn Verstärkung anrückt, wobei hier weder Heldenmut noch Gewaltmärsche im Spiel waren, sondern die schlichte helvetische Gewohnheit, punktgenau, oder besser gesagt stets etwas überpünktlich zu sein.

Die Hunde spürten das Rauschgift auf. Die Polizisten führten Riccardo ab und gaben ihren italienischen Kollegen Bescheid, sich in die Autowerkstatt in Varese zu begeben. Während Spezialkräfte anschließend die Räume durchsuchten, kam Kommissar De Marchi auf Contini zu. Die beiden kannten sich seit vielen Jahren, aber für gewöhnlich fielen Continis Minifälle nicht in den Zuständigkeitsbereich des Polizeibeamten.

»Von allen Drogenschmuggeleien, die mir untergekommen sind, ist dies die skurrilste. Es wundert mich nicht, dass ausgerechnet Sie, Contini, uns darauf aufmerksam gemacht haben.«

»Ist das Ihre Art, um sich bei mir zu bedanken?«

De Marchi streckte ihm die Hand hin. »Um Ihnen zu gratulieren. Sie haben den Fall gelöst, oder?«

Tatsächlich konnte Signora Bianchi von nun an mit unbeschädigtem Wagen von der Arbeit heimfahren. Als Contini ihr das mitteilte, wollte Rovelli unbedingt dabei sein, da er sich als Chef der Werkstatt und Ausbilder Riccardos schuldig fühlte.

»Aber nein, was sagen Sie da!«, protestierte sie. »Ich habe ihn auch gekannt, den armen Riccardo. Stellen Sie sich vor, ich habe ihn in Mathematik unterrichtet, wer hätte gedacht …«

›Der arme Riccardo‹. Ob Drogenschmuggler oder nicht, für sie war er nur ein Heranwachsender in der Krise. Das war wohl das Los der Lehrer, dachte Contini: Für sie blieben die jungen Leute immer jung, trotz allem. Und vielleicht hatten sie recht. Es gab einen verborgenen Teil im Erwachsenen, vielleicht sogar bei den ganz Alten, der immer auf der Suche nach einem Lehrer blieb. In seinen kritischen Augenblicken war sich Contini dessen sehr wohl bewusst. Die Hoffnung, jemanden zu finden, der standhaft und geduldig war, bereit, die Wolken der Trübsal zu vertreiben. Die Sehnsucht nach solchen Zweifeln, die sich ganz einfach zerstreuen ließen, indem man im Unterricht die Hand hob. Später brachte das Leben all das zum Verschwinden, als schafften die Menschen es, sich selbst zu genügen. Aber das war bloß eine Illusion.

»Er hat einen tüchtigen Eindruck auf mich gemacht«, murmelte Rovelli. »Freundlich, selbstsicher, er hatte sogar eine Verlobte, ein hübsches Mädchen. Und jetzt …«

»Wir sind schwach«, erklärte Lehrerin Bianchi. »Das versuche ich stets im Kopf zu behalten.«

Contini sah das ebenso. Wer war Riccardo? Der tüchtige Automechaniker, der es für ein bisschen Zuverdienst riskierte, ins Gefängnis zu wandern? Oder der kleine Junge auf Kriegsfuß mit der Mathematik? Letztendlich kannte Elena Bianchi mit ihren Pastellpullis und dieser unsäglichen Brille die menschliche Natur besser, als es schien. Vielleicht blieb der wahre Riccardo schwach und wehrlos angesichts des Bösen, auch wenn er gelernt hatte, mathematische Probleme zu lösen.

Contini hörte wieder dem Gespräch zu, das in Begriff war, eine unerwartete Wendung zu nehmen.

»Er konnte gut mit Zahlen umgehen«, sagte Rovelli. »Er hat mir immer bei den Rechnungen geholfen. Nun ja, wie ich das jetzt machen soll ... Sie könnten nicht zufällig auch mir ein paar Nachhilfestunden geben?«

»Warum nicht?«, erwiderte sie gelassen.

Sie saßen in einer Bar am Stadtrand von Mendrisio, unweit der Autowerkstatt. Zubringerstraßen, Fabriken und Mietskasernen prägten die Gegend. Die Sonne, die allmählich hinter den Bergen verschwand, tauchte Gesichter, Autos und Gebäude in ein goldenes Licht. Noch bevor sie unterging, hatte der Mechaniker die Lehrerin in artigem Ton zum Abendessen eingeladen, und sie hatte sich die Verabredung im Kalender notiert. Dann kam ein kühler Luftzug auf, und Contini, den Anorak enger um sich ziehend, sagte: »Der Winter ist da ...«

An diesem Abend ging er gemeinsam mit Francesca in die Wälder von Corvesco.

Normalerweise wartete sie daheim auf ihn, ein Buch lesend, aber manchmal konnte er sie davon überzeugen, ihn zu begleiten. Sie hatten ein stillschweigendes Abkommen: Jedes dritte Mal, wenn sie mit Freunden ausgegangen, einen Vortrag gehört oder an irgendeinem anderen gesellschaftlichen Event teilgenommen hatten, zu dem Francesca ihn bewegen konnte, hatte Contini Anspruch auf einen Ausflug in die Berge oder auf eine nächtliche Fotojagd, bei der sie mit wasserfester Kleidung und einer Thermoskanne heißem Tee im Gestrüpp auf der Lauer lagen.

Er liebte die Nächte, die beißende Luft, die Gegenwart der Tiere. Vor allem der Füchse, die er besonders mochte. Er liebte es, mit Francesca dort zu sein, nah beieinander, aber ohne sich zu sehen. Er brauchte diese Momente, um jeden Tag aufs Neue über den Monte Ceneri in Richtung Süden zu fahren und sich den Problemen, dem Verschwinden, den kleinen Familiendramen stellen zu können, die das Leben eines kleinen Detektivs bestimmen.

Francesca war kalt. Ein Weilchen hielt sie stand, ohne sich zu beschweren, dann flüsterte sie. »Contini.«

»Was ist?«

»Sieh mal!«

Von oben fielen, verirrten Soldaten gleich, noch unsicher, die ersten Schneeflocken des Jahres.

Aus dem Italienischen von Franziska Kristen

Margarete Zigan

Tod in Locarno

Am Samstagnachmittag fuhren sie los.
Frau Potthoff, die Haushaltshilfe, wollte wieder einmal ihre Schwester besuchen – es ging ihr gar nicht gut, und Frau Wiegandt brauchte sie doch wirklich nicht mehr so sehr wie zu Zeiten des seligen Herrn Doktor –, die Katze bekam das Kellerfenster geöffnet und die automatische Futterschale gefüllt, die sich beim Berühren der Trittplatte von selbst öffnete, so glaubte Hella, an alles gedacht zu haben, ohne andere über ihr Reiseziel und ihren Begleiter informieren zu müssen. Auf den Anrufbeantworter sprach sie nur kurz die Worte: »Ich mache einen kleinen Ausflug und komme im Laufe des Wochenendes zurück.«

Ursprünglich hatte Rolf Wagner ja schon am Freitagabend aufbrechen wollen, gleich nach der Praxis: »Nach der Untersuchung so vieler schlaffer Körper möchte ich so etwas Knackiges wie dich fühlen«, aber bevor Hella noch ihre Sprache wiedergefunden hatte, war ein Anruf gekommen, der seinen Plan durchkreuzte. Ein ungeheuer wichtiger Privatpatient – die Sprechstundenhilfe überschlug sich fast am Telefon – hatte Beschwerden, wie schon öfter, »ungeordnete Kontraktionen«, und wollte unbedingt am Samstagmorgen von Dr. Wagner durchgecheckt werden.

117

»Wahrscheinlich hat er's wieder zu toll getrieben, der alte Bock«, knirschte Wagner, »aber ich kann es mir nicht leisten, ihn an den Notdienst zu verweisen und an mein dienstfreies Wochenende zu erinnern. So etwas nimmt der einem übel, und das spricht sich rum.«

Du kannst dir vieles nicht leisten, dachte Hella, auch nicht den Glauben, dass ich mich wirklich in dich verliebt habe und deinem blöden Werben endlich nachgeben werde. Wie konnte ein denkender Mensch annehmen, dass die Witwe des besten Freundes ein halbes Jahr nach dessen Tod mit ihm ins Bett gehen würde. Mit ihm, der zum großen Teil schuld war an seinem frühen Tod? Wut und Schmerz kochten wieder in ihr hoch, doch sie dachte an ihren Racheplan und bezwang ihre Stimme:

»Ist klar, Rolf, die Praxis geht vor. Hat Gerd auch immer gesagt.«

Gerd und Rolf waren Partner gewesen in der Praxis für Innere Medizin und Radiologie, Freunde seit der Studienzeit. Nur in dem entscheidenden Augenblick, da war der Freund nicht zur Stelle und zur Hilfe bereit gewesen. »Ach ja, Gerd«, seufzte Rolf und verdrehte sentimental die dunklen Augen, oder vielleicht war sein Gefühl ja auch echt, sie wollte ihm das nicht absprechen, doch schon seine nächsten Worte schürten wieder ihren Hass: »Aber dann haben wir nur eine Nacht«, sagte er bedeutungsvoll und schaute sie verlangend an. »Hella, du glaubst nicht, wie ich mich darauf freue, dich endlich für mich zu haben.«

Das glaubte sie ihm sogar, lange genug war er hinter ihr her gewesen, ohne Rücksicht auf seinen toten

Freund und Partner, oder vielleicht gerade darum, weil der immer der Überlegene, Erfolgreichere gewesen war.

»Nun, was die eine Nacht betrifft«, antwortete sie spröde und warf ihre langen helle Haare mit einer energischen Kopfbewegung nach hinten, »die Tageszeit ist doch wohl nicht entscheidend. Nächte gibt es auch hier in H., nicht nur am Lago Maggiore.«

»Soll das ein Versprechen für die Zukunft sein?« Rolf Wagner griff nach ihrer Hand, und sie unterdrückte den Impuls, sie abzuschütteln wie ein Insekt. Die schwarzen Haare auf seinem Handrücken ließen diese Assoziation zu. Sie musste ja erst Gewalt über ihn bekommen. Und was die Nächte anging – die eine Nacht dort unten würde hoffentlich seine letzte sein.

»Warten wir's doch ab, mein Lieber. Geh zu deinem Patienten und hol mich Samstagmittag ab, gestiefelt und gespornt.«

»O lala, die Dame liebt die Reiterei, oder bist du Masochistin?«, hatte er noch anzüglich gefragt, und sie hatte sich geärgert, dass ihr diese Redensart so unbedacht herausgerutscht war. Diese Floskeln, Phrasen, Sprüche, man sollte wirklich bewusster sprechen und handeln.

Nun, wenn Rolf Wagner erst von diesem Erdboden verschwunden sein würde – und sich unter ihm befände –, würde sie ein anderes Leben anfangen. Mit Menschen, die ihre Worte genau wählten und das Leben ernst nahmen. Kein Partygequatsche mehr, keine Geselligkeit, nur um die Zeit totzuschlagen, es musste eine Verständigung geben, die tiefer ging. Zunächst aber musste sie das Spiel noch mitmachen. So rief sie Wagner noch einmal an und bat ihn, niemandem etwas von der gemeinsamen Fahrt ins Tessin zu erzählen. »Du weißt doch, wie die Leute reden«, hatte sie unschuldig-scheinheilig gesagt, und er hatte leise gelacht.

»Keine Angst, von meinem Ferienhaus bei Locarno weiß sowieso kaum jemand. Wen gehen meine Geldanlagen im Ausland schon etwas an? Und du willst nicht als lustige Witwe dastehen, ist klar. Obwohl: Du musst doch schon ganz ausgehungert sein, du Arme. Aber bitte, nimm nicht das Valium dagegen, das ich dir zur Beerdigung gegeben hatte. Das macht frigide.« Hella war froh, dass er durch das Telefon nicht ihr angeekeltes Gesicht sehen konnte, und legte schnell den Hörer auf, als sei er schmutzig. Wie man Menschen und vor allem Frauen so reduzieren konnte auf das Geschlechtliche. Als ob Glück und Unglück nicht denkbar wären, ohne dass Sex eine Rolle spielte. Aber ihre Bücher waren ja auch voll davon. Wie viele Werke der Weltliteratur lebten sie vom übermäßigen oder unbefriedigten Triebleben, vom *Decamerone* bis *Effi Briest*.

Sicher, es gab auch für sie Nächte, in denen sie sich heiß und unruhig im Bett wälzte und ihr Körper nach Entspannung verlangte. Da half keine Ersatzbefriedigung, kein Rotweintrinken zur Schallplattenmusik, bis ihr der Kopf dröhnte. Da war auch die kalte Dusche nur grausam und schmerzhaft. In solchen Nächten griff sie schließlich zu den purple pills, die die Muskeln erschlaffen ließen und Hirn und Gefühle beruhigten. Tranquilizer, Ruhigsteller, ein Nobelpreis dem Erfinder von Diozepam, dachte sie in den letzten Sekunden, bevor eine rosa Wolke sie hinübertrug in einen schweren Schlaf. Sie nahm sie nicht gerne und nicht oft, weil es vor dieser letzten, wohltuenden Phase ein Stadium gab, das ihr Angst machte. Das war, wenn ihr Hände und Beine nicht mehr gehorchten und sie wie eine Marionette im Zeitlupentempo zum Bett oder noch einmal zum Schrank taumelte. Dann kam auch oft eine Schrecksekunde, in der sie glaubte, ihr Herz müsse stillstehen oder ihr Atem aussetzen, aber das geschah natürlich nicht. Sie nahm nie eine große Dosis, nur zehn Milligramm.

Wenn Gerd, ihr geliebter Gerd, das wüsste.

Er war dagegen, dass die Patienten mit solchen Mitteln ihre Probleme zu lösen versuchten und brauchte sie als Radiologe ja auch nicht zu verschreiben. Aber wenn er dann auf dem Schirm den bösartigen Befund sah und dem Kranken dies schonend mitteilen musste, hatte er nichts dagegen, wenn Rolf anschließend ein beruhigendes Rezept gab.

In der Zeit mit ihm, in ihrer viel zu kurzen glücklichen Ehe, hatte sie solche Mittel ja auch nicht gebraucht. Erst zu seiner Beerdigung, als sie glaubte durchzudrehen, hatte sie sie willig aus Rolfs Hand genommen. Da hatte sie aber noch nicht so genau gewusst, dass er letzten Endes schuld war am Tod des Freundes. Wenn er gekommen wäre, in diesen entscheidenden ersten Minuten nach dem Herzinfarkt ... Wenn, wenn, wenn. Einmal das Läuten der Nachtglocke nicht gehört, wie es bei Kafka hieß. Ach was, Nachtglocke. Ein gewöhnliches graues Telefon stand in der Praxis. Und Rolf hatte Bereitschaft gehabt. Und taub war er auch nicht. Aber auf der Liege, mit der Helferin, wie schon öfter. Eine unbedachte Äußerung hatte es ihr Wochen später verraten. Und sie war verzweifelt hin und her gelaufen zwischen der offenen Terrassentür, hinter der ihr Mann lag, bläulich verfärbt, mit kaltem Schweiß, und dem Telefon, das heiß wurde von ihrem Drehen.

Ein schöner sonniger Tag war es gewesen, ein Samstagmorgen, wie jetzt.

Gerd hatte die ersten Arbeiten im Garten machen wollen, Büsche schneiden, einen Baum umsetzen, es war ja Frühling. Sie war lange im Bett geblieben. »Schlaf nur, Liebes, die Party gestern Abend war wieder lang. Aber ich brauche frische Luft«, hatte er gemeint und war leise aus dem Schlafzimmer gegangen. Frau Potthoff hatte frei an diesem Wochenende, und so ging sie schließlich gähnend hinunter, um sich Kaffee zu machen. Und da hatte er gelegen. Und Rolf war nicht gekommen.

Als der Krankenwagen dann kam, war alles schon zu spät. »Sie wissen ja, Frau Doktor«, hatte der Sanitäter bedauernd gesagt, »bei einem Herzinfarkt sind die ersten Minuten entscheidend. Wenn Sie uns früher gerufen hätten!« Aber sie hatte nach Rolf gerufen, dem Partner und Freund.

Nun, seine Buße stand kurz bevor. Sie packte nur das Nötigste in eine kleine Reisetasche: Hosen, Pulli, Badeanzug.

»Vergiss ihn nicht«, hatte Wagner sie erinnert, »die Residenza Belvedere hat ein herrliches Schwimmbad.«

Sie wählte schlichte Sachen, sie wollte ihm nicht das Gefühl geben, dass sie ihm besonders gefallen wollte. Er sollte sich nicht zu viel einbilden, und wenn es auch nur in der letzten Spanne seines Lebens als Playboy und Frauenverführer war. Denn das hoffte sie inständig, dass sie allein zurückkehren würde und er, verstümmelt oder tot, nicht mehr dazu imstande sein würde.

So war die kleine Tasche auch praktisch für eine schnelle und heimliche Rückreise.

»Die Strecke schaff' ich locker in sechs Stunden«, prahlte er, als er sie in einer Nebenstraße einsteigen ließ – unauffällig, unauffällig, Witwe Wiegandt geht fremd! Geht morden, korrigierte sie die imaginären Stimmen.

»Aber das sind über 800 km, bist du wahnsinnig?«, rief sie entsetzt aus. Er streichelte das Lenkrad seines sportlichen Flitzers, weiß und flach, großmäulig wie er, und lachte.

»Das ist doch gar nichts. Du solltest mich erst mal richtig kennenlernen!« Danke, dachte sie im Stillen und merkte bald, wie er das gemeint hatte. Schon kurz hinter H. – hoffentlich hatte sie niemand in seinem Wagen entdeckt, aber man saß jetzt sicher am bürgerlichen Mittagstisch – hatte er die rechte Hand auf ihr Knie gelegt und die Falten ihres karierten Kilts auseinandergeschoben.

»Vorsicht, Sicherheitsnadel«, warnte sie und meinte nicht nur die Schmucknadel, die zu dem Kleidungsstück gehörte. »Lass die Hand am Steuer, sonst kommen wir nie an.«

»Okay, dann streichle du mich«, hatte er grob reagiert und ihre linke Hand, die mit den beiden goldenen Ringen, auf seinen Hosenverschluss gelegt. Ihr wurde übel vor Abscheu. Nie in all den Jahren, in denen sie ihn als Kompagnon ihres Mannes gekannt hatte, war er so vulgär gewesen. Leichtfertig, ja, und prahlerisch, Playboy mit Allüren, aber ihr gegenüber, der verheirateten Frau, immer korrekt und höflich. Nun war sie vogelfrei, die hungrige Witwe, die endlich wieder einen Mann brauchte. Und für diese Gnade auch Leistung bringen musste.

Am liebsten wäre sie ausgestiegen und zu Fuß nach H. zurückgelaufen, aber der Gedanke an ihre Rache gab ihr die Fassung zurück. Sie würde ein gutes Werk tun, wenn sie diesen Typ von Mann bestrafte, nicht nur, weil er ihr persönliches Glück mit Gerd zerstört hatte, sondern weil sie damit vielleicht auch mancher anderen Frau half. Dieser Mann würde nie Liebe geben, der lebte nur für seine eigensüchtige Lust.

Energisch zog sie ihre Hand zurück und sagte spöttisch: »Hast du das nötig, du großer Frauenheld? Ungeduldig wie ein Primaner?«

Er war verärgert, versuchte es aber zu verbergen.

»Hast recht, hier ist nicht der rechte Ort. Entschuldige, wenn ich voreilig war. Ich sehne mich eben so nach dir.«

Wieder ein schmachtender Blick aus dunklen Augen.

Er trat noch fester aufs Gaspedal, schob seine Pulloverärmel hoch und umfasste fest das Lenkrad. Ihr fiel wieder einmal auf, wie behaart seine Unterarme waren. Schwarz und seidig bedeckte eine Art Fell die helle Haut, die wohl kaum bräunte. Widerlich, dachte sie, wie ein Affe, kein Vergleich mit der blonden Glattheit von Gerd. Aber es gab wohl Frauen, denen das gefiel. Rolfs Erfolge waren nicht zu leugnen. Bei jeder Party war er von einer Schar von Frauen umgeben gewesen, älteren Ehefrauen und auch deren unerfahrenen Töchtern. Man munkelte so manches, aber Gerd hatte immer nur gesagt: »Solange er seine Arbeit ordentlich erledigt, mische ich mich da nicht ein.«

Zu viel Vertrauen gehabt, mein lieber toter Mann, einmal hat dein Kompagnon nicht an seine Arbeit gedacht, das eine Mal aber war zu viel.

Bevor ich mit diesem Kerl schlafen muss, schneide ich ihm die Genitalien ab, dachte Hella in kalter Wut, schloss die Augen und gab vor zu schlafen. Bis Freiburg hielt sie das durch, konnte so auch ihre Angst vor der hohen Geschwindigkeit besser unterdrücken. Dann weckte er sie auf und bat sie um ihren Pass.

»Ich muss wirklich eingedöst sein«, sagte sie verlegen, und er grinste: »Sahst entzückend aus. Ich konnte kaum meine Hände am Steuer lassen.«

»Ja, weißt du«, versuchte sie ihn von seinem Thema Nummer eins abzulenken, »ich habe mir in der letzten Zeit so eine Art Mittagsschlaf angewöhnt, bin halt eine alte Wittib.«

Sie erzählte ihm nicht, wie angenehm diese Mittagsstunde ihr geworden war. Mit der schwarzen Katze im Arm hing sie ihren Erinnerungen nach, bis ihr die gute Frau Potthoff den Kaffee brachte. Die Nächte waren anders, schwer und schwarz und voller Rachepläne.

»Morgen wirst du erst richtig müde sein«, ritt er seine Tour weiter, aber sie antwortete nicht mehr und betrachtete hinter der Grenze die Landschaft mit wirklichem Interesse. Sie war noch nie in diesem Teil Europas gewesen, jedenfalls nicht in der Schweiz, weil es Gerd und sie immer in den Norden gezogen hatte. Die gewaltigen Bergmassive hier beeindruckten sie, bedrückten aber auch. Als sie Rolf Wagner bat, an der Gotthard-Raststätte kurz zu halten, gehorchte er widerwillig, trank dann aber auch durstig eine Kanne Kaffee aus.

Er zählte ihr die Namen der Berge und Pässe auf: Urner

Berge, Klausen, Susten, Oberalp, Gotthardt, Furka –
bis ihr die Ohren schwirrten. Sie sah schon längst im
Geist Szenen vor sich, in denen sie mit ihm auf schmalen Pfaden an schroffen Abgründen wandelte und ihn
mit einem plötzlichen Stoß in die Tiefe beförderte. Hier
würde ihn so schnell niemand finden. Die Geister dieser
großen Berge würden verstehen, dass dieser erbärmliche
kleine Wurm vernichtet werden musste.

Aber, riss sie sich selbst an den Haaren zurück, bist
du auch kräftig genug? Schwindelfrei und bergsicher?
Das fehlte noch, dass sie mit ihm zusammen in den
Tod stürzte! Sie sah die Schlagzeilen der heimischen
Tageszeitung schon vor sich: Witwe eines prominenten
Bürgers stürzt mit dem heimlichen Geliebten in den
Abgrund!

Als sie am Vierwaldstätter See entlang fuhren, malte
sie sich aus, wie sie mit Wagner Bootsfahrten machen
würde. So ein Schiffchen schwankt ja so leicht, und
Wasser hat keine Balken … Sie dagegen war eine gute
Schwimmerin, sie käme immer ans Ufer.

Aber als sie seine kräftigen Affenarme am Lenkrad
und die starken Schenkel unter der hellen Leinenhose
betrachtete, kamen ihr auch Zweifel am Erfolg dieser
Methode. Gott im Himmel! oder besser: zum Teufel
noch mal! Wie sollte sie nur die Menschheit von diesem
Kerl befreien? Es musste und sollte ja nun einmal sein,
aber wie?

Flüchtig schoß ihr der Gedanke durch den Kopf, dass
Wagner als tüchtiger Arzt, wie Gerd ihn immer wieder
genannt hatte, vielleicht auch eine Daseinsberechtigung
habe, aber heute würde Gerd wohl auch anders urteilen.

Wenn er erlebt hätte, dass durch die Pflichtvergessenheit seines Kollegen ein Patient zu Schaden oder gar ums Leben gekommen wäre, hätte er kurzen Prozess gemacht. Rauswurf, wahrscheinlich sogar Ehrengericht, Verlust der Approbation und so weiter. Und alles wegen Ines, dieser dummen kleinen Sprechstundenhilfe, die auch noch unvorsichtig genug war, damit herauszukommen, warum Wagner den Hörer nicht abgenommen hatte. Wohl doch aus Gewissensbissen, zugegeben, sie hatte ja auch sehr schnell die Stadt verlassen. Sie war wohl auch nur Opfer.

Nach außen verriet nichts Hellas Gedanken. Sie versuchte, den nun doch etwas erschöpften Fahrer, die Fahrt dauerte schon viele Stunden, bei Laune zu halten, indem sie aus Wilhelm Tell zitierte: »Es lächelt der See, er ladet zum Bade …«

»Woher kennst du das? Bist du so belesen?«

»Lesen war bisher mein größtes Hobby (jetzt ist es Mord, ergänzte sie in Gedanken), aber Schiller nun doch nicht mehr. Den habe ich in der Schule gelesen.«

»Musst eine brave und aufmerksame Schülerin gewesen sein.«

»Warum nicht? Ich wollte ja studieren.«

»Richtig, ich erinnere mich. Du hast ja Gerd an der Uni kennengelernt. In dem Semester, in dem ich im Ausland war.«

»Tja, das war Liebe auf den ersten Blick«, erinnerte sie sich, und ihre Stimme wurde schwach.

Wagner sah sie von der Seite an, schwieg eine Weile, dann konnte er aber doch nicht den Mund halten:

»Und da hast du das Studium aufgegeben, weil es

dich nach deiner Bestimmung als Frau und Mutter verlangte?«

»Nun, Mutter bin ich ja nicht, wie du sehr wohl weißt«, sagte sie, nun wieder mit fester Stimme, und dachte grimmig, dass ihn das unter den gegebenen Umständen wohl freuen musste. Kein Anhang, keine Schwierigkeiten, auch nicht bei der Liebe, die bei einer solchen tauben Nuss ja keine Folgen haben konnte.

»Gerd brauchte mich, weil bald darauf seine anstrengende Praktikantenzeit kam, und ich wollte endlich ein eigenes Heim haben«, und Kinder, aber das sprach sie nicht aus.

Rolf Wagner hatte auch offensichtlich keine Lust, Probleme zu wälzen und die Vergangenheit aufzurollen.

»Schau hin, meine Teure, der Lago Maggiore liegt dir zu Füßen«, rief er pathetisch, als sie Bellinzona hinter sich ließen.

Es war mittlerweile dunkel geworden, und Hella sah den See mehr als Spiegelbild der Sterne und der Laternen an seinen Ufern als im Ganzen, aber sie ahnte seine Größe und seine Schönheit.

»Überwältigend«, rief sie und meinte es auch so. Sie fühlte, wie sie eingelullt wurde von dem Zauber der Landschaft und der Müdigkeit nach der langen Fahrt. Das durfte nicht sein, sie musste wach bleiben und die erste Gelegenheit ergreifen, um diesen Mann zu beseitigen. Sie hatte davon gelesen, dass etwa in Fällen von Kidnapping und Geiselnahme die Opfer nach einiger Zeit die Abneigung gegenüber ihren Peinigern verlieren, sich mit ihnen und ihren Erwartungen identifizieren und ihnen sogar Sympathie entgegenbringen. Bei Patty

Hearst, der Tochter des amerikanischen Zeitungsmoguls, sollte es ähnlich gewesen sein.

Sie konnte sich zwar nicht vorstellen, dass sie sich auch bei noch so langem Zusammensein in Wagner verlieben könnte, dafür kannte sie ihn und seinen Ruf ja lange genug, aber ihre »kriminelle Energie« konnte geschwächt werden, einfach durch die Umstände ihres Zusammenseins.

Aber dann brauchte sie sich nur vor Augen zu rufen, wie Gerd vor einem halben Jahr auf den Terrassenfliesen lag, leichenblass und schmerzverzerrt, das Herz mit letzten mühsamen Atemzügen zum Weiterschlagen bringen wollte und verloren hatte, während sie wie wahnsinnig immer wieder Wagners Nummer wählte und vor Entsetzen heulte und schrie. Wäre er damals gekommen – und er hätte in wenigen Augenblicken zur Stelle sein können, auch zu Fuß –, dann würde Gerd jetzt noch leben. Und sie würde mit ihm im Auto sitzen, auf einer Urlaubsfahrt, vielleicht auch in den Süden, warum nicht? Wagner führte ihr Schweigen wohl darauf zurück, dass sie erschlagen war von dem abendlichen Locarno, das sie durchfuhren.

»Schön, nicht?«, sagte er selbstzufrieden. »Aber ich wohne noch über dem allem, oben auf den Monti della Trinità«, und das Auto begann, sich die Serpentinen hochzuschrauben.

»Welch schöner Name«, meinte Hella lahm.

»Und vor allem – welch schönes Wetter dort oben herrscht«, lachte Wagner. »Wenn unten alles im Dunst liegt, und das ist oft der Fall, scheint oben für mich die Sonne.«

»Womit hast du das nur verdient?«, fragte Hella iro-
nisch.

»Bin eben ein Kind des Glücks«, prahlte er. Nicht
mehr lange, dachte sie böse. Die Welt war wirklich un-
gerecht. Dieser gewissenlose Playboy konnte sich hier
in der Sonne des Tessins aalen, und andere quälten sich
ihr Leben lang für ein Reihenhaus im Ruhrgebiet.

Rolf Wagner war strahlender Laune. »Sollst mal sehen,
dir wird es hier auch gefallen. Und da du so sehr an Lite-
ratur interessiert bist: Hier wohnen viele Schriftsteller.«

»Wer denn?«, fragte sie wie elektrisiert.

»Nun, laut Telefonbuch Max Frisch, Alfred Andersch,
Patricia Highsmith...«

»Die auch – (deren Nähe würde vielleicht die notwendige Inspiration geben, Mord ist ihr Geschäft, dachte
Hella), die ist eine meiner Lieblingsschriftstellerinnen.«

»So eine böse alte Frau?« Wagner lachte wieder. »Lies
Liebesromane, denk an das Schöne im Leben.« Und, mit
einem letzten großen Schwung das Auto zum Stehen
bringend, wieder mit Pathos: »Willkommen in meinem
trauten Heim, der Residenza Belvedere!« Sie hielten vor
einer großen, hellgetünchten Hausanlage, deren Eingang von Palmen beschattet war.

»Hier geht's hinein, wenn man zu Fuß ankommt, und
das wirkt natürlich dekorativer als die kahle Tiefgarage,
in die ich dich jetzt mitnehmen muss.«

Sie fuhren eine Rampe hinunter, die unter die »Appar-
tamentos« führte. Wagner half ihr galant aus dem Wagen,
streckte sich gähnend und griff nach den beiden Taschen.

In der großen Tiefgarage stand nur noch ein Wagen,
weit hinten, und sie begegneten auf dem Weg zum Fahr-

stuhl, der sie in den vierten Stock trug, keinem Menschen. Ebenso leer waren die langen, marmorgefliesten Gänge, auf die die Eingänge der Eigentumswohnungen mündeten.

Unter anderen Umständen hätte Hella das als bedrückend, ja unheimlich empfunden, so aber kam ihr das sehr gelegen. Je weniger Menschen sie trafen, je weniger man sie bemerkte, umso besser war das für ihr Vorhaben.

Rolf meinte ihr die Stille erklären zu müssen.

»Ist jetzt keine Saison hier. Die meisten kommen im Frühling zur Mimosenblüte oder im Winter, wenn man auf der Cardada Ski laufen kann.«

Er machte Anstalten, sie über die Schwelle seines Appartements zu tragen, aber sie wehrte sich mit Händen und Füßen. Das fehlte noch, dieser alte Hochzeitsbrauch für ihr schmieriges kleines Verhältnis, denn nichts anderes wäre es ja, wenn sie wirklich als seine Geliebte mitgekommen wäre.

Sie besänftigte ihn, indem sie mit vielen Ohs und Ahs die Wohnung bewunderte, die sie endlich betreten hatten. An die kleine Diele, deren Böden und Wände mit rötlichem Marmor gefliest waren, schloss sich ein Wohnraum mit dicken orientalischen Teppichen an. Auch die Polstermöbel und die Samtvorhänge waren von einem dunklen Rot, und Hella dachte insgeheim, dass sie sich so orientalische Harems und Puffs vorgestellt hätte, aber nicht die Ferienwohnung eines Internisten aus dem Ruhrgebiet. Verstärkt wurde dieser schwülstige Eindruck durch viel Gold. Goldene Putten, die die Lampen trugen, goldfarbene Rahmen um Spiegel und Bilder – aber Rolf Wagner passte irgendwie in diese Umgebung mit seinen dunklen Locken und schwarzen Augen.

»Wenn du jetzt noch ein langes besticktes Gewand trügest, sähest du hier aus wie ein Maharadscha oder Araberscheich«, meinte sie mit leichtem Spott und er war geschmeichelt.

»Komm her, schöne Scheherazade, ich lege dir die Welt zu Füßen«, erwiderte er und öffnete die Tür zu der riesigen Terrasse. Sie trat an die mit Büschen und Blumen bepflanzte Balustrade und schaute hinab.

Unter ihnen lagen die hell erleuchteten Orte Locarno und Ascona. Von der Straße, die die beiden verband, liefen strahlenförmig viele Straßen bis zum See und wirkten wie die kunstvolle Auslage von Perlenketten auf einem Samttablett. Den Lago Maggiore nahm man nur als Umriss wahr durch die Orte und Laternen an seinen Ufern, der Himmel war schwarz bewölkt.

»Herrlich«, sagte Hella wieder mit Überzeugung und musste sich wappnen gegen den Zauber der Umgebung. Ich bin nicht hier, um zu genießen, sprach sie unhörbar in die Dunkelheit, ich muss eine schlimme Arbeit tun. Die Lichter auf den Bergen gegenüber schienen ihr zuzublinzeln, sie fühlte sich eins mit der Natur und ihren Gesetzen.

Hinter ihr war Wagner am Barschrank beschäftigt gewesen und trat mit zwei gefüllten Gläsern wieder auf die Terrasse.

»Salute, meine Schöne, auf dass du nicht das letzte Mal hier gewesen bist.« Hella stieß mit ihm an – diesen Spruch konnte sie gern bekräftigen, aber nächstes Mal würde sie sicher nicht mit diesem Mann wiederkommen –, nippte und goß den Rest unauffällig in einen der Pflanzenkübel. Sie musste einen klaren Kopf behalten.

»Du, ich habe Hunger wie ein Wolf. Wo ist das nächste Restaurant?«

»Ristorante heißt das hier, oder trattoria, pizzeria, taverna, aber die Idee ist gut, lass uns gehen.«

Sie erfrischten sich nacheinander im Badezimmer – schwarz gekachelt –, wobei Hella unangenehm die Intimität ihres Zusammenseins bewusst wurde. Worauf hatte sie sich da nur eingelassen.

Arm in Arm, na gut, das musste sein, und wohl auch noch mehr, wanderten sie dann durch die Straßen, die hier oben auf dem Hügel still und dunkel waren, bis sie ein kleines Lokal fanden.

»Nichts Besonderes«, meinte Wagner, »morgen werde ich dir Besseres bieten, aber heute sind wir genug mit dem Auto kutschiert, und wir wollen ja auch noch etwas von der Nacht haben.«

Er drückte bedeutungsvoll seine Hand gegen ihre Brust, und Hella widerstand der Versuchung draufzuschlagen.

Das »Ristorante Grotto« war recht gemütlich, »urig im Stil der Gegend«, wie ihr Begleiter fachmännisch erläuterte. Er bestellte in übertriebenem Italienisch – Hella beherrschte die Sprache zwar nicht, aber diese vielen rollenden Rs und gedehnten Vokale mussten doch wohl nicht sein – ein Menü, ohne sie nach ihren Wünschen zu fragen. Der Kellner – er hätte ein jüngerer Bruder von diesem deutschen Doktor sein können, so ähnlich waren sie sich im Typ – nahm lächelnd die Bestellung entgegen und verschwand.

Hella sagte nichts und knabberte an dem Brot, das in hübschen Körbchen auf dem Tisch stand. Auch der Wein, der als Nächstes gebracht wurde, schmeckte ihr, aber sie bestellte trotz Wagners Protest eine Flasche Mineralwasser zum Verdünnen.

»Wenn ich betrunken werde, wirst du es bereuen«, erklärte sie, dachte aber nicht an die Bilder, die er sich ausmalte.

»Oh, das fände ich herrlich. Dann würde ich dich auf meinen Armen nach Hause tragen, dich wie ein kleines Mädchen aufs Bett legen, vorsichtig ausziehen …«

»Hör auf«, unterbrach sie ihn zornig und fühlte, wie ihr das Blut in den Kopf stieg.

»Aber es versteht uns doch hier keiner. Und es kennt uns keiner«, meinte er grinsend.

Gut für mich, schlecht für dich, dachte Hella, nun wieder weit weg von allen sentimentalen Stimmungen, und goss ihr Glas voll Wasser bis zum Rand. Das Essen schmeckte ihr köstlich, der Schock kam erst, als sie hörte, dass es sich um gebratenes Kaninchen gehandelt hatte. Solche niedlichen Kuscheltiere aß sie sonst nicht, auch keine Tierkinder. Gerd hatte darüber gelächelt, aber es natürlich toleriert. Rolf Wagner würde sie nur auslachen, wenn sie von ihren Hemmungen erzählte. Und, wie stand es mit ihr? Plante einen Mord an einem Menschen – einem Untier allerdings – und grämte sich, weil ein süßes kleines Tierchen für ihr Abendbrot das Leben lassen musste. Aber das waren ja ganz verschiedene Dinge, und die musste sie mit sich selbst ausmachen. Der Tod von Gerd, der unnötige Tod dieses wertvollen Menschen, hatte alle Normen und Ordnungen für sie aufgehoben.

Wagner war so mit der Weinflasche beschäftigt gewesen, dass er ihr langes Schweigen gar nicht bemerkt hatte.

»Lass uns zu Hause weitertrinken«, drängte er mit schon schwerer Zunge, »ich kaufe denen hier ein paar Pullen ab, ist verdammt gut, das Zeug, und dann machen wir es uns gemütlich.«

»Aber ich hätte so gern noch ein Dessert«, bat Hella mit unschuldigem Augenaufschlag, »die italienische Küche ist doch berühmt dafür.«

»Na gut, einer schönen Frau kann ich nichts abschlagen«, brummte Wagner, bestellte eine neue Flasche für sich und die Dessertkarte für Hella.

Sie wählte lange und mit Bedacht, sollte er sich inzwischen nur vollaufen lassen, und entschied sich schließlich Zabaione, das, wie sie wusste, mindestens zwanzig Minuten Zubereitungszeit forderte. Wagner wurde immer ungeduldiger, aber Hella streichelte seine Hand, mit Überwindung, denn auf dem Handrücken wuchsen die langen schwarzen Haare, schenkte ihm Wein nach und sagte: »Aber wir haben doch so viel Zeit. Entspann dich.«

»Was bist du eigentlich«, meinte er schließlich und sah sie mit schwimmenden Augen an, »bist du eine Genießerin und willst die Vorfreude strecken, oder hast du Angst?«

»Aber, Herr Doktor, Ihre Patientin ist sechsunddreißig und keine Jungfrau mehr«, lachte sie ihn offen aus, »und im Übrigen ist diese Zabaione köstlich, und die will ich in Ruhe genießen.«

Als sie schließlich nach Hause gingen, Wagner musste sich nun mehr an ihr halten, als dass er sie stützte, war

Mitternacht schon vorbei. Geisterstunde, dachte Hella, wie passend. Schade, dass ich nicht wirklich überirdische Kräfte habe. Aber eine schwarze Katze trafen sie immerhin, kurz vor der Residenza Belvedere huschte sie über die Straße.

Wagner schrak zusammen und taumelte. Hella lachte: »Abergläubisch, großer Casanova?«

Diesem Ruf als Casanova suchte er dann mit aller Mühe gerecht zu werden, kaum dass sie die Wohnung betreten hatten. Er griff nach ihr und presste sie gegen die Wand. Es schmerzte, aber die Kühle der Marmorfliesen übertrug sich auf sie, die sich nach dem langen Tag erschöpft und erregt zugleich fühlte.

»Langsam, langsam, mein Lieber«, sagte sie lächelnd und drehte ihren Kopf, damit sein Weinatem sie nicht mehr traf, »lass mich doch erst mal ins Bad gehen.«

»Aber schnell«, knurrte er, »ich brauch jetzt nicht Hygiene, sondern Sex.« In dem schwarzen Bad, Abgrund der rotgoldenen Hölle dort draußen, überlegte sie angestrengt, während sie sich das Haar bürstete und Gesicht und Hände wusch. Er vertrug doch mehr, als sie gedacht hatte.

Aber sie hatte ihre Kosmetiktasche schon vorhin ins Bad gebracht und suchte nun hastig nach dem Röhrchen mit den Schlaftabletten. Nichts Tödliches, leider nicht, das gab's heute nicht mehr so einfach zu kaufen, und wenn, war ein Brechmittel darunter gemixt für den Fall, dass man, mit oder ohne Absicht, eine zu hohe Dosis nahm.

Wagner hämmerte schon gegen die Tür.

»Übertreib's nicht, Hella, ich will keine geschrubbte Jungfrau. Ich will dich. Und bald.«

Er war wirklich abstoßend. Konnte er nicht wenigstens die üblichen Formen der Verführung wahren und irgendwelche honigsüßen Phrasen voranschicken? Dieses plumpe Draufgängertum hätte sie auch dann zurückgestoßen, wenn sie wirklich aus Verliebtheit mitgefahren wäre.

Endlich hatte sie das Schlafmittel gefunden. Pulver gab's auch nicht mehr heutzutage, nur hübsch versiegelte Lacktabletten in Silberpapier. Sie presste drei davon heraus und zerquetschte sie mit dem Kamm auf dem harten Beckenrand. Vorsicht, Vorsicht, damit nicht zu viel verloren geht, und wenn der da draußen noch so unruhig wird. Das kleine Häufchen von weißem Pulver schob sie mit dem Finger in die Hülse ihres Lippenstifts und steckte den Farbstift dann vorsichtig umgekehrt hinein. Jetzt nur aufpassen, dass du ihn richtig hältst und das Pulver nicht an dem roten Fett klebt.

Mit Spiegelchen und Lippenstift in der Hand verließ sie dann das Badezimmer, vor dem Wagner schon unruhig von einem Bein auf das andere trat.

»So, jetzt bin ich bereit!«, sagte sie mit gespielter Fröhlichkeit, aber Wagner schoß mit einem »Aber ich nicht mehr!« an ihr vorbei ins Bad.

Es war ein Leichtes für sie, das Pulver in sein noch halb volles Glas mit rotem Wein zu rühren, Farbe und Geschmack würden neutral sein.

Sie trat wieder auf die Terrasse, ihr Glas mit Wein und viel Wasser in der Hand, und wartete.

Rolf Wagner folgte ihr bald und stürzte den Inhalt seines Glases mit einem Schwung hinunter.

»Jetzt muss ich erst wieder in Stimmung kommen. Ist aber auch langweilig mit dir.«

»Dann lass es doch«, sagte sie brüsk, aber seine heftige Erwiderung endete in einem unartikulierten Murmeln. Der reichlich getrunkene Wein und das starke Schlafmittel taten ihre Wirkung.

Hella sah es mit Befriedigung und half ihm nicht, als er ins Schlafzimmer taumelte.

»Muss mich nur mal kurz ausstrecken«, stöhnte er und ließ sich, so wie er war, in Anzug und Schuhen, auf das überbreite Bett fallen.

Hella ging mit ruhigen Schritten durch die Wohnung und wartete ab. Wenn sie Glück hatte, schlief er ein und wachte nicht wieder auf, aber das war unwahrscheinlich. Er war jung und gesund, vierzig gerade, und würde als Internist nicht mit einem unbemerkten Herzfehler herumlaufen.

Er schlief nun fest, schnaufte und schnarchte mit halb geöffnetem Mund und hatte mit den zerrauften Haaren und dem roten Gesicht nichts mehr von südländischem Charme an sich. Hella stand vor dem Bett und sah überlegend auf ihn hinunter. In einem Impuls von schwarzer Ironie faltete sie ihm die Hände auf der Brust. So sah er aus wie aufgebahrt. So hatte Gerd gelegen, bevor sie den Sargdeckel endgültig schlossen. Und dann war die Klappe im Krematorium aufgegangen wie ein großes Maul, und die Unterwelt hatte ihn verschlungen.

Geh zur Hölle, du Kreatur! zischte sie auf den, der da hilflos vor ihr lag. Sie ging hinüber in die Diele, wo noch immer ihre Reisetasche stand, und holte einen dünnen Seidenschal heraus. Sie hatte ihn mitgenommen, um sich gegen Fahrtwind und Bergluft zu schützen, aber man konnte ihn ja umfunktionieren. So manchem war die seidene Schlinge um den Hals gelegt worden ... Sie drehte den Schal mit langsamen Bewegungen zu einem kordelartigen Gebilde und setzte sich auf die Bettkante.

Wagner hatte in seinem Schlaf aus Rausch und Chemie den Kopf gewendet und bot ihr nun die linke Halsseite dar. Sie sah, wie seine Schlagader pochte. Ein Messerschnitt würde genügen.

Aber dann würde jeder wissen, dass er durch »Fremdeinwirkung« gestorben war. Man würde nachforschen, suchen, Spuren finden. Ihre Fingerabdrücke, ihre Haare auf dem Badezimmerboden, der italienische Kellner – Hella sah sich gehetzt um. Der Seidenschal in ihren Händen entrollte sich wieder zu einem weichen Viereck. Pierre Cardin, Paris, stand in einer Ecke. Klein, aber auffällig genug für den Eingeweihten.

Erdrosseln war auch nachweisbar. Blaue Spuren am Hals, Hautfetzen unter den Fingernägeln, wenn das Opfer sich wehrte – Hella hatte genug Kriminalromane gelesen. Vor allem aber widerstrebte es ihr plötzlich, den Schlafenden, Wehr- und Ahnungslosen zu töten. Er sollte wissen, was ihm geschah, und auch, warum er sein Leben verwirkt hatte.

Sie stand auf und ging ins Wohnzimmer zurück. Sie musste warten.

Auf dem Sofa machte sie sich aus Decken und rotsamtenen Polstern ein Lager und streckte sich in ihren Kleidern darauf aus. Sie wagte nicht einzuschlafen, damit sie nicht von ihm überrascht werden konnte. So hielt sie sich wach, indem sie immer wieder aufstand und die

Bilder an den Wänden betrachtete. Es waren zu ihrer Überraschung geschmackvolle Zeichnungen und Aquarelle, die Landschaften zeigten. Wahrscheinlich Ansichten hier aus der Gegend, dem Ticino.

Der Inhalt des kleinen Bücherschrankes war weniger beeindruckend: Bestseller der letzten Jahre in glänzenden Umschlägen, wie man sie eben für den Urlaub kauft, Politik und Sex and Crime, wer wollte schon etwas anderes lesen. Für die leisen Töne hatten die meisten im Lärm des Lebens kein Ohr mehr.

Immer wieder trat sie auf die Terrasse und starrte auf die Lichter hinunter, die im Laufe der Nacht schwächer wurden. Keine Autos rollten mehr, keine Leuchtreklamen pulsierten, die Stadt schlief. Der See lag ruhig und groß zwischen den Bergen, ein schwarzer Schlund, der von den Bewegungen in seinen Tiefen nichts verriet.

Gegen Morgen war sie nahe daran, nun doch einzuschlafen, auch in extremen Situationen verlangt der Körper schließlich nach seinem Recht, doch da erwachte Rolf Wagner.

Er taumelte ins Wohnzimmer, verdrückt und verlegen, und stammelte:

»Tut mir leid, muss wohl gestern plötzlich weggetreten sein.«

Er kam mühsam näher und streckte die Arme aus.

»Geh erst mal unter die Dusche«, sagte Hella, die sich beherrscht in einen Sessel gesetzt hatte. Noch immer trug sie den Faltenrock und die Polobluse und wirkte auf den ersten Blick wie ein Schulmädchen. Nur die tiefen Ringe unter den Augen verrieten ihre Müdigkeit und ihr wahres Alter. Wie auch immer, Wagner stürzte sich jedenfalls nicht voller Leidenschaft auf sie. »Da weiß ich etwas Besseres. Ich dusche oben, im Schwimmbad.«

Wagner stolperte zu seiner Reisetasche und holte Badehose und einen flauschigen Mantel heraus.

»Ach was, brauchen wir ja gar nicht. Wir können nackt baden. Ist ja niemand da.«

Aber Hella war schon gelaufen und hatte nun auch ihr Badezeug in der Hand. Das Bad würde ihr gut tun und ihren Kopf klären. Noch war nicht aller Tage Abend.

Das Schwimmbad war großartig und prächtig wie die ganze Anlage. Man hatte es mit Kacheln im Stil römischer Mosaiken dekoriert, und in regelmäßigen Abständen standen Köpfe antiker Figuren als Relief aus der Wand hervor. Vor allem natürlich Poseidon in mehreren Ausführungen, aber auch Frauenköpfe, Janusgesichter und Medusenhäupter.

Sie duschten schnell und sprangen in das blaugrün schimmernde Wasser. Hella genoss das saubere Nass um ihren übernächtigten Körper und ließ sich treiben. Gerade als sie den jenseitigen Rand erreicht hatte und sich hochstemmen wollte, war Rolf Wagner in ihrer Nähe und tauchte zwischen ihre Beine, seinen Kopf hart nach oben stoßend. Vielleicht wollte er nur albern spielen, wie sie es früher beim Schwimmunterricht in der Schule getan hatten, unter den Körper tauchen und ihn dann nach hinten abwerfen, aber Hella geriet durch den plötzlichen Angriff außer sich. Begann er schon wieder mit seinen brutalen Annäherungsversuchen?

Sie setzte sich fest auf seine Schultern und drückte ihn kräftig nach unten. So hatte man als Schulkind auch den Störenfried bestraft. Dippen hieß das. Sie war ziemlich leicht, und das Wasser gab seinem schweren Körper Auftrieb, aber sie schlang eines ihrer gelenkigen Beine um seinen Hals und klammerte sich an die Ornamente, die den Rand des Beckens zierten. Damit hatte sie Gegendruck und war stärker.

»Du verdammtes Scheusal, bleib unten!«, schrie sie wie eine Furie.

Rolf Wagner sah mit entsetzt aufgerissenem Mund hoch. Er versuchte mit seinen Armen, auf denen sich nass und ekelhaft die schwarzen Haare ringelten, nach ihren Beinen zu greifen und krallte seine Nägel so schmerzhaft hinein, dass Hella aufschrie. Aber wie in einem Reflex winkelte sie das rechte Bein noch fester um seinen Hals und spannte alle Muskeln an.

War es wirklich Atemnot, war es der vom Alkohol geschwächte Kreislauf oder einfach der Todesschreck beim Anblick der entfesselten Erynnie über ihm – Rolf Wagners Herz blieb stehen.

Hella realisierte das erst nach einer Weile, als sich sein Körper von ihr löste und langsam davontrieb. Gesicht und Arme hingen ins Wasser, sodass sie nur seinen breiten, schwarz behaarten Rücken und die lächerlich bunt geblümte Badehose sehen konnte.

Sie zog sich hoch und rannte an den antiken Figuren vorbei, die jetzt alle ein böses Grinsen aufgesetzt hatten, zum Ausgang. Panik erfüllte sie. Polizei, Arzt, Hilfe – aber dann hielt sie kurz vor der großen Glastür inne. So war sie doch schon einmal gelaufen? Das war es doch, was du wolltest, Hella? Wagner ist tot. Wie Gerd. Er ist gerächt. Du bist erlöst.

Sie drehte sich um und schaute zurück ins Becken.

In dem grünlichen Wasser, das nur träge schwappte, schwamm ein heller Körper. Fremdkörper. Nur noch Körper.

Es war wahr. Sie war frei. Und keiner sollte versuchen, sie festzuhalten. Sie nahm den Wohnungsschlüssel aus Wagners Bademantel, mit leichtem Abscheu, als wenn sie ein totes Tier berührte, griff nach ihren eigenen Sachen – nichts vergessen, klar sein jetzt, aber ihr Kopf war mit klarer, heller Kälte gefüllt wie schon lange nicht mehr – und eilte die Treppen hinunter. Falls ein anderer Gast auf dem Weg zum Schwimmbad war, würde er an diesem frühen Sonntagmorgen, gleich nach dem Aufstehen, sicher den Fahrstuhl nehmen.

In Wagners Appartement trocknete sie sich eilig ab. Ihre nassen Fußspuren auf der Treppe mochten verräterisch sein, aber noch suchte ja niemand nach Spuren. Und Wasser trocknet. Wie Tränen.

Sie packte hastig ihre wenigen Sachen ein. Hast du alles, kein Haar im Waschbecken verloren, dein Weinglas gespült, das Sofa wieder gerichtet? Sie legte einige der Schlaftabletten auf Wagners Nachttisch, ein glitzerndes Kristalltischchen, das würde sich gut machen. Alkohol plus Medikamente plus Sprung ins kalte Wasser – das war zu einleuchtend, um Verdacht auszulösen. Nun musste sie nur noch den Schlüssel in seine Tasche zurückbringen. Das war ein Risiko.

Vorsichtig öffnete sie die Wohnungstür und horchte hinaus. Nichts rührte sich in den langen Gängen. Auch die Tropfen, die ihr nasser Körper vorhin verloren hatte, waren auf dem glatten Marmor nicht mehr sichtbar. Wieder nahm sie vorsichtshalber die Treppe. Andererseits, sagte sie sich, nun schon ruhiger und selbstsicherer, warum sollte sie nicht, jetzt in Jeans und Pulli gekleidet, gerade als Gast angekommen sein und nach einem erfrischenden Bad verlangen? Musste sie von dem Mann denn wissen, der da leblos im Becken schwamm?

Ein cleverer Polizeibeamter würde allerdings den Zusammenhang zwischen diesen beiden Deutschen schnell herausgefunden haben, aber Zeugen für ihre Tat gab es nicht. Anwesenheit bedeutete noch nicht Schuld, eine Geliebte war nicht zwangsläufig eine Mörderin.

Das Glück verließ sie nicht. Das Bad lag still und leer wie vorhin, auch Rolf Wagner hatte seine Lage nicht verändert. Die Fratzen der alten Götter grinsten herab. Ihr habt schon mehr gesehen in den Jahrtausenden, dachte Hella, ich bin nichts Besonderes für euch.

Sie steckte den Schlüssel in die Tasche von Wagners Bademantel, rieb sogar noch an dem blanken Metall, um Fingerabdrücke zu verwischen und fuhr dann schnell mit dem Fahrstuhl nach unten. Einen Moment lang glaubte sie, einen neuen Duft darin wahrzunehmen. Parfüm oder Rasierwasser, aber sein Träger blieb unsichtbar.

Draußen empfing sie ein Duftgemisch all der blühenden Stauden und Büsche, die den Weg säumten. Sie atmete tief durch und ging die stille Via del Tiglio hinunter, als sei sie eine frühe Wanderin. Als sie die Seilbahnstation erreicht hatte, fiel ihr Blick auf ein Schild: Madonna del Sasso.

Warum nicht, dachte sie, ich bin ja nun eine normale Touristin, warum nicht die Sehenswürdigkeiten der Gegend »mitnehmen«?

Sie folgte dem Schild und fand sich auf einem steilen

Pfad, der mit vielen Treppen und Windungen zu einer Kirche auf der halben Höhe des Berges führte. Gelb und leuchtend stand sie vor der Kulisse des Sees, und aus ihrem Innern drang ein fast weltlich klingender Gesang.

Hella schritt vorsichtig über das Kopfsteinpflaster des Innenhofs, das sich durch ihre dünnen Schuhsohlen drückte – so und schlimmer mussten sich in früheren Zeiten die Wallfahrer mit Erbsen in den Schuhen gefühlt haben –, und öffnete leise die hohe Kirchentür. Eine Messe war in vollem Gange, sie blickte auf eine dichte Menge gebeugter Rücken. Hella setzte sich auf die schmale Bank ganz hinten an der Wand und ließ die Eindrücke auf sich wirken. Auch hier herrschten die Farben Rot und Gold vor, aber sie hatten nichts Bedrückendes wie in den Räumen von Rolf Wagner – wie weit das alles schon entfernt war –, sondern stimmten fröhlich und satt.

Üppige Stuckgirlanden umkränzten die Fresken an der geschwungenen Decke, und die Wände waren behängt mit zahllosen Bildern. Viele waren in naiv-kindlicher Manier gemalt und stellten wohl, in immer neuen Variationen, die Hilfe der Madonna in großer Not dar.

Hella fühlte einen leisen Neid auf die Menschen, die so glauben und so danken konnten. Auch den Menschen, die jetzt nach vorne drängten, um nach dem Priester die Hostie zu empfangen, wäre sie gern gefolgt. Was würde der Priester sagen, wenn sie dort in dem samten ausgeschlagenen Beichtstuhl ihre Tat offenbarte? Gab es überhaupt irgendwo Verständnis und Verzeihen für sie?

Von den italienisch gesprochenen Worten und den

Liedern verstand sie nur die Schlussworte: »Andiamo in pace.«

Hella verließ die Kirche in Ruhe und Heiterkeit. Die Kastanien über ihr bildeten ein grünes Dach, das sie beschirmte. Ihre stacheligen Kugeln knirschten zuweilen unter den Schuhen, aber wenn man sie öffnete, bargen sie den süß-mehligen Kern der Marone, die sie vergnügt als Wegzehrung mitnahm.

Sie fuhr mit der Seilbahn – »Funicolare« las sie amüsiert –, hinunter zum Bahnhof und erkundigte sich vorsichtig nach Zügen in Richtung Deutschland, ohne ihr genaues Ziel zu nennen. Nur nicht auffallen, nur keine Spuren hinterlassen. Aber der Beamte am Schalter war an diesem Sonntagmorgen auch viel zu schläfrig und ihre brünette Erscheinung in diesem italienischen Teil der Schweiz zu wenig auffällig, als dass er ihr besondere Beachtung geschenkt hätte.

Hella erfuhr, dass schon in wenigen Minuten ein Zug in Richtung Bellinzona abfahren würde, wo sie sehr schnell Anschluss an den Eurocity hatte, der aus Genf kam. Während sie der Lokalzug von dem Ort forttrug, an dem nun ein Mann leblos schwamm, wie in einem Meer von Tränen, die sie um ihren Mann noch nicht hatte weinen können, schaute sie ruhig aus dem Fenster und versuchte sich die Namen der Stationen einzuprägen. Vielleicht würde sie ja eines Tages wiederkommen, es war wunderschön hier. Tenero, Gordola, Riazzino, Cadenazzo – welche Fülle von Wohlklang, jede Buchstabenfolge eine kleine Melodie.

Sie erreichte spät abends die Stadt und fuhr mit dem Taxi zu ihrem Haus, in dem alles ruhig und ordentlich war. Auf dem Anrufbeantworter war eine unbeholfene Durchsage der Haushälterin, dass sie am Montag erst mit dem Mittagszug ankommen würde: »Von wegen meiner Schwester ihrem Sohn, der morgens erst zum Arzt muss.« Sonst lag nichts vor.

Die schwarze Katze hatte ihr eine tote Maus vor die Tür gelegt und schaute sie an, als wenn sie sagen wollte: Nicht nur du ...

Am nächsten Tag ging der Wirbel dann freilich los.

»Wissen Sie schon, Wagner ... Sie Ärmste, wieder ein Todesfall in Ihrer Praxis ... Hella, bleib ganz ruhig ...«

Sie blieb ganz ruhig und hörte sich an, was da übers Telefon erzählt wurde. Natürlich hatte die Hausmeisterin bei ihrem Kontrollgang am Sonntagabend Wagners Leiche gefunden, die Polizei communale gerufen, diese hatte mit Deutschland telefoniert und so weiter und so fort.

Man hatte in seinem Appartement einige geleerte Flaschen gefunden, nein, er sei allein gewesen, warum sie frage?

Hella biss sich auf die Zunge und stammelte etwas von seinem Ruf als Playboy. Ja, sicher, damit möge sie recht haben, sie habe ihn ja auch gut gekannt durch die Partnerschaft mit ihrem Mann – nein, aber auch eine solche Duplizität der Ereignisse, beide tot, du Ärmste – aber, wie gesagt, offensichtlich habe er sich allein erholen wollen. Wahrscheinlich habe er gemerkt, dass er überarbeitet war – weißt du, wo er doch die Praxis nun allein hatte führen müssen, und dann lag ihm sicher auch der Tod seines Freundes auf der Seele...

Sicherlich, dachte Hella grimmig, nur er wusste ja, dass

er ihn wahrscheinlich hätte verhindern können. Und sie wusste es. Aber sie hatte ja für ausgleichende Gerechtigkeit gesorgt.

Na, jedenfalls sei das Ganze ein sehr, sehr tragischer Unfall, und wie käme sie nur damit zurecht, und was würde mit der verwaisten Praxis geschehen?

Hella handelte ruhig und umsichtig und ließ alles von einem fähigen Anwalt regeln. Zu ihrer maßlosen Überraschung fand sich ein Testament Wagners, in dem er all seinen Besitz und den Anteil an der Praxis seinem Partner Gerd Wiegandt »oder dessen Hinterbliebenen« vermacht hatte. Verwandte in direkter Linie hatte er nicht mehr, zu einigen Tanten und Cousinen keinen Kontakt mehr, was lag da näher, als seinen besten Freund und Partner zum Erben einzusetzen?

Hella hätte vielleicht beschämt sein müssen, aber sie war es ganz und gar nicht. Für sie war das nur ausgleichende Gerechtigkeit und der Schlusspunkt unter die Justiz, die sie schon selbst übernommen hatte. Sie verkaufte alles, Haus und Praxis und die Ferienwohnung im Tessin und ließ sich an einem anderen Ort nieder. Die schwarze Katze nahm sie mit.

Peter Zeindler

Mord im Zug

Sie erinnerte sich nicht, seit wann der Mann sie beobachtete. Als sich der Schnellzug Zürich – Lugano,
ohne Halt bis Bellinzona, in Bewegung gesetzt hatte, war
sie sofort eingeschlafen und hatte nur schlaftrunken einmal den Namen »Zug« gelesen. Seitdem musste einige
Zeit vergangen sein, und da war sie noch allein im Abteil
gewesen.

»Arth-Goldau!«

Der Mann, der ihr jetzt gegenübersaß, hatte das R wie
ein Engländer gerollt, als er sie mit dieser Stationsangabe
geweckt hatte.

Sie schüttelte verärgert den Kopf.

»Und? Ich steige erst in Bellinzona aus.«

Die Unterlippe ihres Reisegefährten hing schlaff herunter. Er bewegte sie beim Sprechen kaum.

»Ein Bergsturz hat vor Jahren beinahe das ganze Dorf
verschüttet. So viele Tote auf einmal und noch dazu auf
so apokalyptische Art und Weise!«

Seine Kulleraugen glänzten eigenartig. Dieser Blick!
Sie war mit einem Mal hellwach, nickte zögernd und
klaubte sich mit spitzem Finger ein Katzenhaar von
ihrem grob gestrickten Norwegerpullover.

An Konversation hatte ihr noch nie etwas gelegen. Und

Männer interessierten sie nur, wenn sie literarisch verwertbar waren. Männer waren Feiglinge, einer wie der andere. Mit einer Ausnahme. Tom! Sie griff zur *Herald Tribune* vom Vortag. Doch bevor sie die Zeitung auseinandergefaltet hatte, um sich dahinter zu verstecken, zeigte er mit einem kleinen feuchten Lächeln auf seinem Bulldoggengesicht in die Landschaft hinaus.

»Da liegen die Felsbrocken noch alle herum. Ein Albtraum, einfach so zermanscht zu werden!«

»Und?«

Sie zuckte mit den Schultern. Sie interessierte sich nicht für das Sterben auf Breitleinwand. Jetzt endlich hatte sie es geschafft, hinter der Zeitung in Deckung zu gehen.

»Es gab auch Überlebende!«, murmelte der Dicke. Seinen Hängebauch hatte er zwischen seine gespreizten Beine gebettet. »Aber die meisten waren damals im falschen Augenblick am falschen Ort und wurden von den Felsbrocken zermanscht.«

Der obere Teil ihrer Zeitung knickte ein und senkte sich müde nach unten. Sie saß ungeschützt da und schaute den rundlichen Mann im anthrazitfarbenen Nadelstreifenanzug interessiert an. Aber der hatte seinen Blick abgewandt und verfolgte scheinbar fasziniert die schwarzen Vögel, die in Schwärmen über der Gerölllandschaft kreisten.

Wenn sie sich doch nur erinnern könnte, wo sie ihn schon einmal gesehen hatte! Aber da waren nur Bilder ohne Konturen ...

»Vor dem Griff des Zufalls ist keiner sicher!«

Sie nickte abwesend und fragte sich, wie und wann der Fremde in ihr Abteil gekommen war.

Das Tal wurde enger. Unten schäumte der hellgraue Fluss. Der Zug fuhr jetzt langsamer.

»Die Kirche von Wassen!«, sagte der Mann mit einer knappen Kopfbewegung. Das Fleisch seiner schlaffen Wangen wackelte.

Sie nickte. Der Fremde fuhr wohl zum ersten Mal diese Strecke, und für ihn wie für alle Neulinge unter den Reisenden war es dann beeindruckend, dass man die gleiche Kirche im Verlauf der Fahrt von vier verschiedenen Stellen immer wieder sehen konnte, weil sich der Zug langsam und beharrlich durch viele Tunnelkehren den Berg hinaufschraubte.

»Immer dieselbe Kirche! Nur der jeweilige Gesichtspunkt ist ein anderer.«

Dieses ölige Lächeln!

»Eines Tages begegnet man einem wildfremden Menschen, und danach ist nichts mehr wie vorher. Es ist wie bei dieser Zugfahrt.«

Sie nickte wieder. Der Mann hatte recht. Aber er wusste zu viel! Über sie und ihre Lebensphilosophie!

»Ich biete Ihnen einen Handel an.«

Er steckte sich eine dicke Zigarre an und stieß dann eine gewaltige Rauchwolke aus, in der er eine Weile verschwand.

»Bringen Sie meine Frau um, und ich töte Ihren Mann!«

Es war nur seine Stimme zu hören, und als er wieder auftauchte, blickten seine Augen ausdruckslos, als ob er immer geschwiegen hätte.

Sie war jetzt hellwach. Und sie war misstrauisch geworden.

»Dieser Gedanke könnte von mir stammen!«, sagte

sie und zündete sich eine Zigarette an. Aber die Rauchwolke, die sie ausstieß, wirkte neben dem Qualm, den er produzierte, mickrig.

»Eines Tages holen einen die eigenen Geschichten ein!«, sagte der Fremde und lehnte sich mit geschlossenen Augen zurück. Er hatte die Hände über dem Bauch gefaltet. Die Zigarre steckte zwischen Ring- und Mittelfinger der rechten und zeigte steil nach oben.

Zwei Fremde saßen sich im Zug gegenüber. Eine alltägliche Situation. Aber diesmal war alles anders. Eine Begegnung mit Folgen. Das wurde ihr bewusst, als er langsam seine schweren Lider hob. Aber er vermied es, ihr in die Augen zu schauen. Sein Blick wanderte wieder in die Landschaft hinaus, fixierte die Bergdohlen, die wie Todesvögel über dem fahrenden Zug zu kreisen schienen.

»Der Zufall hat Methode, Madame. Eines Tages holt er Sie ein. Und dann ist kein Entkommen. Dann werden Sie zum Opfer oder zum Täter, ob Sie wollen oder nicht!«

Sie schüttelte unwillig den Kopf und faltete die Zeitung zusammen. Die Kirche von Wassen entschwand ein weiteres Mal ihren Blicken.

»Also? Wie ist es mit unserem Handel?«, fragte er und betrachtete verärgert seine erloschene Zigarre.

Wieder tauchte die Kirche draußen auf.

»Das war das letzte Mal!«, sagte er, stopfte seine Zigarre in den Aschenbecher, hob dann den Blick und fixierte die kleine Kirche auf dem Hügel. »Gleich kommt das große schwarze, unendlich lange Loch!«

»Ich hasse Männer«, sagte sie unvermittelt. Sie sah

jetzt aus wie eine alte Indianersquaw. »Männer sind Schwächlinge!«

»Ich hasse Frauen!«, sagte er schnell. »Mit Ausnahme von Blondinen!«

Sie stellte sich eine Frau wie Grace Kelly vor. Fürstin Gracia. Opfer eines Verkehrsunfalls! Eine Szene wie im Kino.

»Ich bin nicht blond«, sagte sie und verzog ihr breites Gesicht zu einem provozierenden Lächeln.

Sein dreifach gefaltetes Kinn ruhte auf dem steifen weißen Hemdkragen. Als er den Kopf hob, blieb an seinem Hals ein roter, blutunterlaufener Ring zurück, als ob ihn jemand zu erwürgen versucht hätte.

Die Lokomotive stieß einen langen Pfiff aus.

»Also?«, fragte sie lauernd. »Wie war doch der Handel?«

»Ich bringe Ihren Mann um und Sie meine Frau. Das perfekte Verbrechen. Scheinbar kein Motiv weit und breit.«

»Ihre Theorie hinkt, mein Lieber. Aber bitte, wenn Sie meinen!«

»Es war ja Ihre Idee, liebe Patricia«, sagte er schnell und zeigte mit seinem dicken Zeigefinger mitten auf ihre Stirn.

Er kannte sie also. Langsam begann sie, sich zu erinnern.

»Für welche Tatwaffe haben Sie sich entschieden?« Er sah sie fragend an.

Sie griff, ohne ihn aus den Augen zu lassen, langsam in ihre Handtasche und zog eine kleine Pistole heraus.

»Bernardelli. Modell 68. 6,36 Millimeter«, nickte er

anerkennend und betrachtete ihre Hand, die kaum zitterte, interessiert wie einen Ausstellungsgegenstand in einem Museum.

»Wir sind allein im Abteil. Wie wäre es, wenn …?«

Sie hob langsam die Pistole. »Haben Sie keine Angst, dass …?«

Er lachte laut heraus …

»Das war doch nur ein Spiel, liebe Patricia. Der Handel funktioniert bei uns nicht. Sie haben ja keinen Mann, und ich bin …« Er beendete den Satz nicht.

»Aber dafür hasse ich Männer. Ich hasse auch Sie, Herr …?« Sie zögerte.

»Hitchcock«, ergänzte er schnell und beugte sich ächzend ein wenig vor.

»Ich hasse auch Sie, Mister Hitchcock. Über das Grab hinaus!«

»Bitte, Mrs. Highsmith!«, erwiderte er ruhig und streckte langsam seine Hand aus, um ihr die Pistole abzunehmen.

In diesem Augenblick drückte sie ab. Sie fühlte sich gut dabei. Was für ein faszinierender Gedanke! Einen Mann umzubringen, der bereits tot war. Ein Mord ohne Konsequenzen! Es war so viel einfacher, als sie es sich immer vorgestellt und auch beschrieben hatte. Wieder pfiff die Lokomotive.

Sie wandte sich ab. Auf einmal wurde ihr schlecht. Und eng. Sie begann zu schwitzen. Mit einem Ruck öffnete sie das Fenster. Sie brauchte ihre ganze Kraft dazu.

Die Kirche von Wassen!

Jetzt sah sie sie zum fünften Mal. Schwarze Vögel umkreisten die Turmspitze. Der Zug schoss in den Tunnel.

Es roch feucht und streng. Und als sie wieder in den strahlenden Herbsttag hinausfuhren, sah sie die Kirche erneut!

Zum sechsten Mal!

Verwirrt schloss sie das Fenster, zog das Rollo herunter und setzte sich wieder. Der pummelige Fremde lehnte, halb in sich zusammengesunken, in seiner Ecke. Seine Augen waren starr auf sie gerichtet. Auf seinen feuchten Lippen glänzte ein triumphierendes Lächeln. Langsam wurde der rote Fleck auf seiner strahlend weißen Hemd-brust immer größer.

Nachweis

Andrea Fazioli
Nachhilfestunden (Lugano-Paradiso). Aus dem Italienischen von Franziska Kristen. Aus: Ott, Paul; Saladin, Barbara (Hrsg.), *MordsSchweiz. Krimis zum Schweizer Krimifestival.* Copyright © by Andrea Fazioli. Im Atlantis Verlag erscheint Andrea Faziolis Tessin-Reihe mit dem verschrobenen Privatdetektiv Elia Contini: *Damals im Tessin* und *Verborgenes Tessin.* Außerdem hat er Friedrich Glausers Roman *Wachtmeister Studers Ferien* in einem Roman vollendet, der ebenfalls im Atlantis Verlag erschienen ist.

Sandra Hughes
Mord im Rustico. Originalbeitrag für diese Anthologie. Copyright © 2024 by Atlantis Verlag in der Kampa Verlag AG, Zürich. Im Kampa Verlag erscheint Sandra Hughes' Tessin-Krimireihe mit dem ungleichen Ermittlerduo Emma Tschopp und Marco Bianchi: *Tessiner Verwicklungen, Tessiner Vermächtnis, Tessiner Verderben* und *Tessiner Vergeltung.*

Gabriela Kasperski
Der zweite Koffer oder Irrfahrt ins Tessin. Originalbeitrag für diese Anthologie. Copyright © 2024 by Atlantis Verlag in der Kampa Verlag AG, Zürich. Im Atlantis Verlag sind Neuausgaben der frühen Fälle von Gabriela Kasperskis Ermittler Schnyder & Meier erschienen, *Eiskalter Greifensee* und *Vermisst am Greifensee,* und der erste Band einer neuen Krimireihe mit dem Zürcher Friedhofs-

ATLANTIS

Mord in der Badi
Sommerliche Krimigeschichten
aus der Schweiz

Herausgegeben von Miriam Kunz

Die perfekte Urlaubslektüre – egal ob in der Ferne
am Strand oder in der Badi gleich nebenan

Ob Fluss oder See, urban oder mit Blick auf das Alpenpano-
rama, Liegewiese oder Holzplanken, Frühschwimmen oder die
schnelle Abkühlung nach Feierabend: Der wahre Luxus der
Schweiz ist ihr Wasserreichtum, und wo Wasser ist, da sind Badis,
die jeden Sommer für Feriengefühle direkt vor der Haustür
sorgen. Dass Badis allerdings nicht immer Orte sommerlicher
Unbeschwertheit sind, zeigen die Krimigrößen Christof Gasser,
Silvia Götschi, Sandra Hughes, Marcel Huwyler, Gabriela
Kasperski, Benjamin Stückelberger und Peter Weingartner.
Sieben exklusive Badi-Geschichten von Krimiautor*innen, die
zu den erfolgreichsten der Schweiz zählen.